イラスト：遠坂あさぎ

聖剣学院の魔剣使い

聖剣学院の
魔剣使い
Demon's Sword Master of Excalibur School
[3]

Demon's Sword Master of Excalibur School 3
Author Yu Shimizu
Illustration Asagi Tosaka

聖剣学院の魔剣使い3

志瑞 祐

MF文庫J

Contents

Demon's Sword Master of Excalibur School

口絵・本文イラスト：遠坂あさぎ

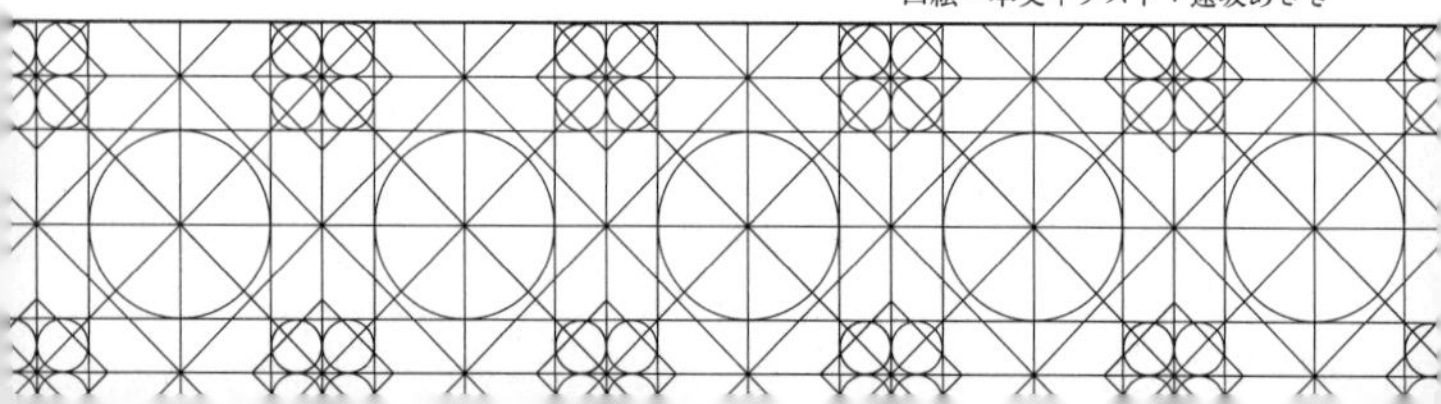

プロローグ

Demon's Sword Master of Excalibur School

けたたましいサイレンの音が、照明の消えた地下シェルターの中に響き渡る。

九歳のリーセリアはレギーナと身を寄せ合い、その小さな肩を震わせた。

〈大狂騒（スタンピード）〉の発生より、八時間が経過した。

サイレンの音に混じり、遠く、不気味な咆哮（ほうこう）が聞こえてくる。

〈ヴォイド〉の群れが、この〈第〇三戦術都市（サード・アサルト・ガーデン）〉の中心部まで迫っているのだ。

見つかれば、おしまいだ。

あの恐ろしい怪物どもは、こんなシェルターなど簡単に食い破ってしまうだろう。

リーセリアの父、エドワルド・レイ・クリスタリア公爵は、幼い娘を地下シェルターになかば強引に押し込んで、最後の別れを告げた。

「お父様、わたしも、〈ヴォイド〉と戦うわ！」

「だめだ。お前はまだ〈聖剣〉の力を授かっていない」

出撃の間際、すがる娘に、クリスタリア公爵は諭すように言った。

「……〈聖剣〉……でも――！」

彼は腰を屈（かが）めると、美しい白銀の髪を優しく撫（な）でた。

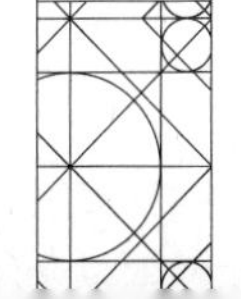

「大丈夫だ。この世界にも、いつかきっと〈魔王〉が現れる」

「……魔王……悪い人?」

それは、父の話してくれるおとぎ話に出てくる、悪の怪物たちの王様だ。

きょとんと首を傾(かし)げる娘に、彼は苦笑して言った。

「そうだ。悪い〈魔王〉がやってきて、いつか、滅びゆくこの世界を――」

「……?」

それは、娘に聞かせるというよりは、彼のひとりごとのようだった。

今となっては、あの時、父がなにを思ってそんなことを言ったのか、わからない。

けれど、娘への気休めだけとは思えない、なにか切実な響きがあるように感じた。

(悪い魔王が、この世界を……)

やがて、明かりが消え、真っ暗になったシェルターの中で――

リーセリアは、父の言う〈魔王〉が来てくれるようにと必死に願った。

そして――


――人類統合歴五十八年。

第〇三戦術都市(サード・アサルト・ガーデン)〈クリスタリア〉は、〈ヴォイド〉の大狂騒(スタンピード)によって壊滅した。

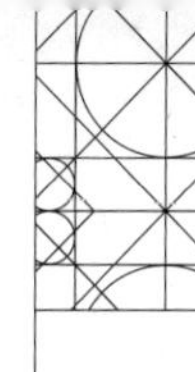

第一章　仮面の魔王

Demon's Sword Master of Excalibur School

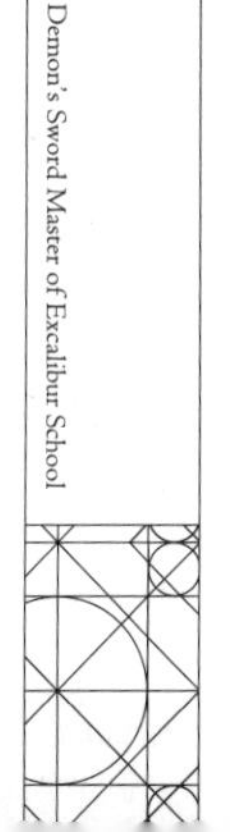

（また、あの夢……）

寝間着の裾で冷たい汗を拭い、リーセリア・クリスタリアは目を覚ました。

決して消えることのない、六年前の悪夢。

〈第〇三戦術都市〉を壊滅させた、〈ヴォイド〉の〈大狂騒（スタンピード）〉の記憶。

（この身体（からだ）になっても、やはり夢は見るものなのね……）

と、そんなことを思いつつ、悪夢を振り払うように頭を振る。

半身を起こし、カーテンを開くと――

朝の陽光が射（さ）し込み、彼女の白銀の髪が美しく輝いた。

小さく伸びをして、透き通った蒼氷（アイスブルー）の瞳を眠たそうにこする。

窓に目を向けると、中庭の木に鳥たちが集っていた。

爽やかな朝の目覚めを告げる、かわいい小鳥たち。ではなく――

オギャーッ！　ギャーッ、ギャーッ、ギャーッ！

木々を埋め尽くすのは、大柄で獰猛（どうもう）な顔つきをした、カラスの群れだ。

彼女の目覚めに応じて、ギャアギャア、と不気味に啼（な）く鴉（からす）たち。

（……～っ、ま、また増えてる……）

リーセリアの顔がわずかに引き攣った。

彼女の周囲にカラスの群れがよく現れるようになったのは、ここ最近のことだ。

「……やっぱり、死んだ匂い、ってわかるのかしら」

すんすん、と寝間着の裾を嗅ぐ。

香るのはフローラルな石鹸の匂いだ。

レオニス曰く、カラスやコウモリなどの、夜の領域に属する動物は、本能的に支配種族である吸血鬼のもとに集うとのことだ。

「慕ってくれるのは嬉しいけど……」

と、リーセリアは窓の外に視線を向けて、嘆息した。

（このまま増え続けたら、また寮に変な噂がたちそうね）

広大な〈聖剣学院〉の敷地の外れにある〈フレースヴェルグ寮〉は、ただでさえ外観が古めかしく、まるで幽霊屋敷のようだといわれているのだ。

最近では、夜中に現れる少女の幽霊だとか、大きな黒い犬がうろついているという、ほとんど怪談じみた噂までたっている。

カラスの群れまで集まってきては、いよいよ本格的な幽霊屋敷だ。

まあ、本物の吸血鬼が住んでいるのだから、間違ってはいないのだけれど。

少し乱れた白銀の髪を手櫛で梳かし、彼女は起き上がった。

今日は、午前中に実戦形式の演習試合があるので、少し早起きなのだ。

「レオ君、朝だよ――」

と、彼女は起き上がり、声をかける。

隣室で眠る少年を起こそうと、ドアを開くと、

「……!?」

リーセリアはドアノブを手にしたまま、固まった。

部屋の中で。

モップとバケツを手にしたメイド服姿の少女が、部屋の床を掃除していた。

肩口で切り揃えた艶やかな黒髪。少し赤みがかった、黄昏色の瞳。

リーセリアとばっちり目が合った。

「……」

「……」

数秒の間があって。

その少女は「あ、まずい」という顔をした。

「……え？　だ、誰……？」

パチパチと瞬きして、リーセリアは目をこする。

彼女がもう一度目を開けると――

そのメイド少女は、忽然と姿を消していた。

◆

「くそっ、このままじゃ袋のネズミだぜ」

「……っ、こちらから打って出るか。いつまでも隠れているわけにはいくまい」

「無謀だ。俺達の武装では〈聖剣士〉には歯がたたん――」

真っ暗な通路に響く、複数の足音。唸るような声。

闇の中に金色の眼が爛々と輝く。

〈第〇七戦術都市〉第六区画――通称〈亜人特区〉。

森の木々に覆われた〈人工自然環境〉の地下通路に、武装した獣人が集結していた。

〈人類統合帝国〉への反抗を掲げるテロ組織、〈王狼派〉の残党だ。

二週間前。彼等の仲間は、アルティリア第四王女の身柄を目的とした、王族専用艦〈ハイペリオン〉のシージャック事件を計画した。しかし、乗り合わせた〈聖剣学院〉の学生の妨害により、テロ計画は失敗。リーダーのバステア・コロッサフを含む精鋭メンバーの多くが死亡し、組織は瓦解寸前であった。

帝国の組織した〈聖剣士〉の部隊が、地下に潜む彼等を追い立てている。

「俺達にも、〈魔剣〉の力が適合すれば――」

残党を率いる人狼種族の男が、喉の奥で唸った。

「……っ、ちくしょう、来るぞ！」

地下通路の前方に、複数の人影が現れた。

闇に映える白の制服。〈聖剣士〉の精鋭部隊だ。

「〈王狼派〉の残党ども、国家反逆罪により、お前達を捕縛する」

〈聖剣士〉の数は四人。獣人たちのほうが数は遙かに多い。

だが、人類の授かった〈聖剣〉の力は、そんな戦力差など容易く覆す。

「〈聖剣〉――アクティベート！」

〈聖剣士〉たちの唱和する声が、地下空間に響き渡った。

「く、くそおおおおおおおおっ！」

獣人たちは咆哮し、ほとんど自暴自棄になって突撃した。

無謀だ。獣人の身体能力は人類を圧倒するが、〈聖剣〉の力にはかなわない。

（……そんなことは、わかってるがよおおおおっ！）

――と、その時。

「魔眼よ、畏れを知らぬ者に呪いを与えよ――〈石化咒文〉」

どこからか、殷々と響くような声が聞こえた。

刹那。目の前が一瞬、激しく光ったかと思うと——

眼前の〈聖剣士〉たちは、それぞれ武器を抜いた姿勢のまま固まっている。

物言わぬ四体の石像がそこにあった。

「な、なんだこりゃあ……」

唖然とする獣人たち。と——

「——探したぞ。手間をかけさせてくれたな」

「……っ⁉」

地下通路の奥。闇の中に、ぼうっと青白い光が浮かびあがった。

その光と共に、カツン、カツンと、静かな足音が迫ってくる。

静寂の中、姿を現したのは——

漆黒の外套を身に纏った人影だった。

まるで、闇そのものが人の姿をとったような、その出で立ち。

顔には髑髏を模した、銀色の仮面を装着している。

「な、なんだ……お前は……！」

ぞわり、と肌が粟立つような悪寒に、獣人たちは手にした武器を構えた。

だが——

「愚か者」

影が、わずかに右手を振りあげる。

獣人たちの手にした武器が、ぐにゃりと折れ曲がり、地面に落下した。

「なっ⁉」

「控えよ。俺の前だぞ」

放たれた、その声に——

まるで物理的な力があるかのように、獣人たちは膝を屈した。

溢(あふ)れ出る禍々(まがまが)しい気配に、強靭(きょうじん)な肉体が震える。弱肉強食の思想をその身に刻んだ獣人種族であるからこそ、本能でわかってしまう。

目の前にいるのは、次元の違う化け物。

この世界に君臨する、絶対的な支配者だ。

「この俺に武器を向ける、か——」

目の前の闇が、また一歩、進んできた。

「俺が寛大でよかったな。〈獣王(ガソス)〉あたりなら、即皆殺しであっただろう」

「……あ……ああああ、あ、あああああ……」

その圧倒的なプレッシャーに、誰も顔を上げることさえできない。

と、平伏する獣人たちの前に、小さな袋が投げだされた。

「……っ、こ、これは？」

残党を率いる獅子族の男が訊ねた。

「お前達の頭目――名前はたしか、バステアだったか？　その遺灰だ」

「なっ――」

「あの船の中で、俺が見つけたときは、すでに消し炭になっていた。我が〈死の領域〉の秘術を以てすれば、その状態でも不死者の怪物として蘇生させることも可能だが、まあ、そんな義理もあるまい」

「あ、あんたは――いえ、あなた様は、一体……」

「俺は〈魔王〉だ」

「……魔王？」

「あまねく死を司る〈不死者の王〉。この世界の正統なる支配者」

響く声と共に、その全身から禍々しいオーラが溢れ出す。

死を予感させる、圧倒的なプレッシャーを前に、たちまち何人かが気を失った。

「お……おお、おおお……」

「そう怯えるな。俺は、お前達の恩義に報いるために来たのだ」

「お、恩義……とは？」

「正しくはお前達の先祖に対する恩義だ。〈シャマル氏族〉、〈ザイス氏族〉、〈ザッカル氏族〉、獣人の戦士は〈魔王軍〉の尖兵として、勇敢な働きをしてくれたのでな」

まだ意識のある獣人たちは、怪訝そうに顔を見合わせた。

……先祖？　この化け物は、いったい何を言っているのだろう。

と、〈魔王〉を名乗る人物はすっと手をかかげ、

「帝国に抗う者たちよ、俺の配下となり、〈魔王軍〉の傘下に入るがいい」

よく響く声が地下の通路にこだました。

「お、〈王狼派〉の残党を、あんた……貴殿の配下に？」

「そうだ。お前達は俺の崇高な目的のために働く下僕となる。だが、強要はしない。お前達の運命は、お前達自身で決めるがいい。ただし――」

〈魔王〉は獣人たちの背後の石像を指差した。

「時間はそれほどないぞ。あと数分ほどで、あの連中の石化は解けるだろう」

「……っ！」

髑髏の眼窩に不気味な光が灯る。

ここで返答を誤れば、彼等もまた、〈聖剣士〉と同じように石像となるだろう。

獣人たちは顔を見合わせた。

どのみち、このままでは帝国に捕縛され、死刑台を待つよりほかあるまい。

この得体の知れない化け物の目的は、わからないが――

「わ、わかった……〈王狼派〉の残党は、貴殿の傘下に入る」

獅子族の獣人が、平伏して言った。

髑髏の仮面が、邪悪に嗤ったような気がした。

「よかろう。これよりお前達は、〈魔王の影〉を名乗るがいい」

「……ははっ……お、仰せの通りに」

獣人族のテロリストたちは深々と平身低頭した。

「では、お前達に最初の命令を与えよう――」

――と、〈魔王〉が手を振り上げた、その時だ。

ピピピピピ、となにやら軽快な音が、地下空間に響く。

「……え？　わっ⁉」

魔王を名乗る影が、急にわたわたと慌てだした。

『――君……レオ君、ねえ、どこにいるの？』

すぐにピッと音がして、声が消えた。

「……」

……気まずい空気が流れる。

怪訝そうに顔を見合わせる、テロリストの残党たち。

「ふっ……ふはははははっ！」

〈魔王〉は急に哄笑（こうしょう）を上げると、ばさっと闇の外套（がいとう）を翻した。

そして――

「大地よ、我が意に従い、永遠の迷宮となれ――〈迷宮創造（クリエイト・ラビリンス）〉」

なにか呪文のような言葉を唱えると――

ゴゴゴゴゴゴゴゴ……！

その足もとの床が激しい光を放ち、突如、地下へ続く階段が出現した。

「こ、これは……？」

「ここに地下迷宮を創った。ひとまずはここを拠点として活動するがいい」

言い捨てるようにそう告げると――

驚く獣人たちを残し、魔王は影の中に音もなく姿を消した。

残された獣人たちは、ただ唖然（あぜん）として、目の前に現れた地下迷宮を見つめた。

◆

部屋のベッドのそばに、わだかまる影が出現した。

ズズ……ズズズ……ズズズズズ……

影の中から現れたのは、闇の外套を纏（まと）う人影だ。

「――〈幻魔の外套（がいとう）〉解除」

くぐもった声を発すると、その身に纏（まと）う闇は影の中に吸い込まれた。

トン、と小さな足が床に着地する。

「……やれやれ。肩が凝るな、あのような振る舞いは」

そこに現れたのは、制服を着た十歳の少年であった。

少年は目の前の姿見を見て、深々とため息をついた。

整ってはいるが、幼い顔立ち。少し癖のある黒髪。背丈は先ほどの姿の半分もない。

(……この姿では、威厳もなにもあったものではないからな)

油断を誘うことができるため、溶け込むには便利ではあるのだが。

(ともあれ、〈魔王軍〉復興の足がかりを作ることはできた)

その少年――〈魔王〉レオニス・デス・マグナスは、満足げに嗤（わら）った。

〈王狼派（おうろうは）〉は、反帝国を掲げる亜人種属の武装組織だ。先日の事件でリーダーを失い、残党となった連中を、そっくりいただいたというわけだ。

その構成員は身体能力に優れた獣人だけではない。エルフ、リザードマンなどの亜人は、それぞれ特有の能力を有している。配下として役に立つだろう。

もっとも、例の〈魔剣〉を生み出したダークエルフの女と、直接的な関わりがあるわけではないらしく、そちらに関してはまた別の調査が必要となるだろうが。

（……それにしても）
レオニスはポケットの端末を恨めしげに見つめた。
（……まったく、俺の眷属は過保護にすぎる）
嘆息しつつ、リビングへ続くドアを開ける。
と――
「ふああっ、レ、レオ君!?」
リビングにいたのは、下着姿の少女だった。
輝く白銀の髪。処女雪のように白い肌。
シャワーを浴びていたのだろう、少しだけ髪が湿っている。
下着のホックに手をかけた姿勢のまま、少女の顔がみるみる赤くなる。
「……っ、す、すみません！」
レオニスはあわてて目をつむり、後ろを向いた。
だが、閉じた瞼の裏には、たわわな胸と美しい肢体が焼き付いて離れない。
やがて、するするっと衣擦れの音がして、
「……お待たせ、レオ君。もう大丈夫よ」
と、少女が声をかけてくる。
振り向くと、〈聖剣学院〉の制服に着替えた、リーセリアの姿があった。

「ごめんね、びっくりして」

頭のリボンを結びつつ、謝ってくるリーセリア。

青を基調とした制服は、彼女の白銀の髪によく似合っている。

「いえ、こちらこそすみません……」

「ところで、どこへ行ってたの？　部屋にいなかったから探したんだよ」

「……えっと、その……朝の訓練です」

「訓練？　言ってくれれば、付き合ったのに——」

「毎日訓練カリキュラムを入れているでしょう。無理はだめですよ」

可愛く唇を尖らせる彼女に、レオニスは首を振った。

彼女の成長は目覚ましい。

センスがよく、根性と向上心もあるので、鍛え甲斐がある。

なにより彼女は努力家だ。

ただ、無理をしすぎて倒れることもあるので、そのあたりは気をつけねばなるまい。

不死者の〈吸血鬼〉といえど、魔力を失えば疲弊するのだ。

「お嬢様、大丈夫ですか、いま悲鳴が聞こえたんですけど」

と、外の廊下でレギーナの声がした。

「あ、ううん、大丈夫よ、レオ君だったから」

リーセリアはあわてて返事をした。

◆

「――腕によりをかけた朝食です。さあ、召し上がれ」

メイド服姿のレギーナが、腰に手をあてて言った。

輝く金髪のツーテール。活発に動く大きな翡翠(ひすい)色の瞳。

リーセリアが優しい月だとすれば、レギーナは明るい太陽のような雰囲気の少女だ。

「今日もおいしそうね」

「ふふ、お嬢様の大好きな、ふわっふわのパンケーキですよ」

テーブルの上には、蜂蜜のたっぷりかかったパンケーキ、野菜と木の実のサラダ、目玉焼き、フルーツのヨーグルトとコーヒーが次々と用意される。

朝食はいつもリーセリアが作るのだが、週二回だけ、こうしてレギーナが部屋に朝食を作りにくるのだった。お嬢様のために食事を作ることで、メイドの勘が戻るらしい。

「お嬢様は、放っておくと軍の携行食で済ませてしまうので」

「さ、最近はちゃんと作ってるわ。レオ君もいるんだし」

リーセリアはちょっと赤くなった。リーセリアも人並みに料理はできるのだが、やはり、本職のメイドであるレギーナにはかなわない。

「少年、お姉さんが食べさせてあげましょうか？」

「だ、大丈夫です！」

微笑むレギーナにちょっとドキッとしつつ――

レオニスは、ひと口サイズに切り分けたパンケーキを口に運んだ。

「……本当においしい、ですね」

喉をごくりと鳴らし、レオニスは感嘆の声をあげる。

生地のほどよいやわらかさ。口の中で蜂蜜の優しい甘みが広がる。

表面はカリカリとしていて、焼き加減もちょうどいい。

食事など、人間の肉体はやはり面倒だなと思っていたレオニスだが、

（……これは悪くないな）

と、内心で満足の声をあげる。

「ふふ、少年は本当に可愛いですね。作りがいがあります」

「レオ君、こっちのレタスも食べてね。菜園で取れたの」

リーセリアもレオニスの皿にどんどん生野菜を取り分ける。

彼女は、とにかくレオニスに野菜を食べさせたがるのだ。

（まさか、野菜を食べさせて、俺の血をサラサラにさせようということなのか？）

と、最近では、そんな疑義を抱いているレオニスである。

「レオ君、どうしたの？」

「いえ、なんでもありません」

ごまかしつつ、レオニスはコーヒーに口をつける。

（……やはり、朝はコーヒーだな）

これは一〇〇〇年前にはなかった飲み物で、レオニスのお気に入りだった。

闇を溶かしたような黒い色は、まさに〈魔王〉にふさわしい飲み物だ。

もちろん、そのままでは苦いので、砂糖をたっぷり入れるのだが。

と、レギーナがふと窓の外に目を向けて、

「なんだか、最近、寮のまわりにカラスが増えましたね」

「そ、そう？　気のせいだと思うけど」

リーセリアがドキッとする。

「追い払いましょうか？」

レギーナが銃を構えるジェスチャーをして言った。

「ええっ、そ、それはかわいそうよ」

「お嬢様は優しいですね。そういうところが好きですよ」

肩をすくめて苦笑するレギーナ。

「でも、ただでさえ幽霊屋敷とか噂が立ってしまっているんですよ」

「そうなんですか？」

レオニスが訊ねた。

「ええ、幽霊少女を見たとか、大きな黒い犬を見たとか……」

「そ、そういえば、今朝、その幽霊少女を見たわ！」

リーセリアがハッとした様子で声をあげた。

「幽霊少女？」

「うん、すごく可愛い娘で、メイドの格好をしていて――」

「それ、わたしです？」

レギーナが自分を指差すが、

「ううん、ショートカットの黒髪で、レオ君の部屋を掃除していたの」

「……っ！」

レオニスはあやうく、コーヒーを噴き出しそうになった。

「な、なにかの見間違いだと思いますよ」

「……うーん、そうかしら。たしかに、瞬きしてる間に消えてしまったし」

「疲れていたんでしょう。ところで――」

と、レオニスは誤魔化すように話題を変えた。

「今日は試合形式の合同訓練があるんでしたよね」

「うん、レオ君は、小隊同士の演習は初めてよね」

演習は、試合の形を取った〈聖剣学院〉の主要な訓練プログラムらしい。

本来はもっと早くに行われるはずだったのだが、〈第〇七戦術都市(セヴンス・アサルト・ガーデン)〉を襲った〈大狂騒(スタンピード)〉で、学院の機能が麻痺(まひ)していたため、しばらく延期になっていたのだった。

「相手は〈ファーヴニル寮〉の第十一小隊。フェンリス・エーデルリッツさんがリーダーを務める、ランク上位の小隊ですよ」

レギーナがレオニスに端末を見せてくる。

画面に映る、いかにもお嬢様な容姿の少女には見覚えがあった。たしか、船のパーティー会場にいた、執行部の学生だ。

「あの、〈聖剣〉使いどうしで戦う意味はあるんですか?」

ふと、レオニスは素朴な疑問を口にした。

〈聖剣〉とは、あの未知の異形——〈ヴォイド〉と戦うための力では無いのか。

「〈聖剣〉どうしの戦いは、〈聖剣〉の進化を促すことが出来るといわれているの」

リーセリアが人差し指をたてて言った。

「進化、ですか?」

「ええ、〈聖剣〉は他の〈聖剣〉と響き合い、その姿を変えていくの」

「私の〈猛竜砲火〉も、最初は大砲に形態換装できなかったんですよ」

「なるほど。〈聖剣〉を成長させるために――」

レオニスはひとりごとのように呟いた。

〈聖剣〉――星が人類に授けた、虚無に対抗するための力。

それは、理を組み上げる魔術の力とは、根本的に異なる力だ。

一〇〇〇年前、人間は肉体でも魔力でも、獣人やエルフに比べて劣った種族だった。

しかし、人類は歴史を生き残り続け、この高度な文明と〈戦術都市〉を築き上げた。

進化する〈聖剣〉の力。それはまるで――

(人間という種そのものの強さを、体現しているかのような――)

と、レオニスがそんなことを考えていると、

「わたしも、〈聖剣〉を授かって初めての演習だもの、頑張らないと」

リーセリアが両手の拳を握って言った。

「演習でいい成績を収めれば、帝都の〈聖剣剣舞祭〉にも招待されるかもですしね」

「そうなんですか?」

「うん、一年に一度、各〈戦術都市〉の〈聖剣士〉が選抜されて、武芸を競う祭典があるの。わたしたちには、まだまだ遠い話だけど――」

「わかりませんよ。お嬢様も〈聖剣〉を授かりましたし、少年も入りましたし」

「そうね。まずは今日の演習、全力を尽くしましょう」

リーセリアがこくっと頷(うなず)いた。

(……ふむ、〈帝都〉か。悪くない)

レオニスは胸中で思案する。

〈帝都〉――最初に建造された〈戦術都市〉にして、人類統合帝国の首都。

〈魔王軍〉を復興した暁には、いずれ手中に収めるつもりの都だ。

(その〈剣舞祭〉とやらの代表に選抜されれば、怪しまれることなく偵察できるな)

リーセリアたちの純粋な思いをよそに、そんな悪いことを考えるレオニスだった。

◆

濃緑色の光に照らされた、半球状の空間。

その中心で、それは静かに鳴動した。

空間に満ちた光は、巨大な〈戦術都市〉を稼働させる〈魔力炉〉の輝きだ。

地脈より採掘した魔力を循環させ、莫大(ばくだい)なエネルギーを生み出す、人類の叡智(えいち)。

その〈魔力炉〉を支える器(うつわ)の上に――

美しい女の姿があった。

雪像のように白い裸身。伸びた髪は、魔力炉の光と同期するように明滅している。

女の半身は炉心と融合し、その脊髄には、都市に魔力を供給するためのケーブルが無数に接続されていた。

女の目に理性の光はなく、ただ虚ろな闇を灯すのみだ。

「うん、随分進んだようだね、順調順調」

と、その半球状の空間に、場違いともいえる陽気な声が響く。

静かな靴音をたて、姿を現したのは、一人の男だった。

純白の神官服に身を包んだ青年だ。

真っ白な髪。穏やかな光をたたえた青い瞳。

彼がそこにいるだけで、その空間は、まるで聖堂のような雰囲気に変わる。

青年は、〈魔力炉〉と融合した女を見上げると、微笑を浮かべた。

「まずは成功といったところかな。ま、数百の〈魔剣〉を贄として捧げたんだ。そうでなくっちゃあ、〈教団〉のご老人たちに僕が怒られてしまう」

彼は微笑を浮かべたまま、輝く〈魔力炉〉に手を触れた。

「もうすぐ、目覚めの時だ——予言されし、〈女神〉よ」

◆

――濃密な瘴気に覆われた、〈ヴォイド〉の〈虚無領域〉。

人類が決して踏み入ることのできない、その領域から、それは姿を現した。

海を割って現れたのは――

巨大な――あまりに巨大な人工構造物だ。

それは、虚無の使徒から、人類を守護するために築かれた、最後の壁。

六年前、〈大狂騒〉によって滅びたはずの〈廃都〉だった。

第二章　演習試合

Demon's Sword Master of Excalibur School

『――相手は森林フィールドの奥に拠点を構えているわ。気を付けて』

「了解。警戒しつつ、このまま進みます」

通信端末越しに聞こえるエルフィーネの声にそう答え、リーセリアは振り向く。

「行くわよ、レオ君――」

「はい」

茂みの中に身を隠しつつ、二人は前進する。

演習に使われる戦闘フィールドは、北方の森林地帯を再現したものだ。

必要に応じて、あらゆる地形、環境を作り出すことができる。

しかも、環境改変に要する時間は、わずか十六時間ほどだというから驚きだ。

（……まったく、人類の技術がこうも発展するとはな）

木漏れ日の射（さ）す、本物そっくりの森の景色を見回して、レオニスは感心した。

構造そのものは、〈死都（ネクロゾア）〉の〈闘技場〉とよく似ている。

闘技場ではよく、オーガやトロールなどの化け物を戦わせたものだ。

ただ、レオニスの時代にあったものは、海戦を再現するために川の水を引き込んだり、砂漠を再現するために大量の砂を運び込むなどの必要があった。

この設備のほうが、よほどスマートだ。

と、そんなことを考えていると、前をゆくリーセリアが足を止めた。

森の中の少し開けた場所だ。

「この先、罠がありそうね」

敵チームには罠の〈聖剣〉使いがいる。それは調査済みだ。

見通しの利く地形は、たしかに、罠を仕掛けるには絶好の場所だろう。

「フィーネ先輩、この先に敵の気配は――」

『フラッグのところに狙撃手がいるわ』

「……」

リーセリアは立ち止まったまま、少し考える素振りをする。

レオニスは口を挟まず、手助けもしない。

そのことは彼女に伝えてある。

リーセリアの実力を見るため、というだけでなく、演習の様子は外に中継されているので、あまり力を見せたくない、という理由もあった。

(……さて、どうする?)

演習のルールは、そう複雑なものではない。

学院生の成績に応じて戦力ポイントが割り振られており、相手チームのメンバーを倒せば、ポイントが入る。また、フィールド上には各チームにいくつかの〈拠点〉が設けられていて、そのフラッグを奪取することでも、ポイントが手に入る。

演習ごとに設定された目標ポイントを、先取したほうが勝利するシステムだ。

現在、真正面の拠点には、アタッカーの咲耶が突撃している。

単独での〈ヴォイド〉討伐記録を持つ咲耶は、当然、相手も警戒しているはずで、フェンリスをはじめとする主力はそこを固めているだろう。

対して、〈聖剣〉を授かったばかりのリーセリア、外見は十歳の子供でしかないレオニスは、ほぼ無警戒だ。今回は、この二人で側面から回り込み、ポイントは少ないが、守備の薄い拠点を落とすのが、リーセリアの立てた作戦だった。

（……なんにせよ、スピードが重要だ）

自陣の拠点を守るのは、エルフィーネとレギーナの二人。

〈聖剣〉の力の制限されているエルフィーネは、索敵と情報収集がメインであるため、実質的な防御要員はレギーナ一人という、大胆な構成である。レギーナの腕は確かだが、護衛なしの狙撃手だけでは、一気に攻め落とされる危険がある。

「〈ドラグハウル〉が使えれば、森ごと焼き払うんですけどねー」

と、レギーナはそんな物騒なことを口にしていたが——

当然、対虚獣殲滅砲(せんめつ)——〈猛竜砲火(ドラグ・ハウル)〉の使用は禁じられている。

演習では、対人用に〈聖剣〉の力を抑制する必要がある。

いわゆる武器を刃引きした状態だ。その精妙なコントロールのできない者は、そもそも演習に参加する資格が与えられない。

(咲耶(さくや)が敵を引き付けている間に、敵拠点を一気に落とす必要がある)

開けた場所を迂回(うかい)するか、あえて直進するか。

逡巡(しゅんじゅん)は、それほど長くはなかった。


「——迂回するわ。こっちよ」

リーセリアは〈誓約の血魔剣(ブラッディ・ソード)〉を手に、茂みのあるほうへ走り出す。

(それでこそ、俺の右腕だ)

レオニスはその判断を胸中で讃(たた)えた。

〈魔王〉の将であれば、姑息(こそく)な罠(わな)など正面から踏み潰(つぶ)して進むのが圧倒的な常道だ。

それでこそ、〈魔王〉の威を見せつけ、敵の士気を削(そ)ぐことができる。

本来、策を弄するのは、〈魔王〉の戦い方ではない。しかし——

(そのような意識であったからこそ、〈魔王軍〉は敗北を喫したのだ)

レオニス自身は、敵を真正面から叩(たた)き潰す戦い方を好む性分だ。

であるからこそ、そんな〈魔王〉の右腕には、罠を避ける慎重さが求められる。

レオニスの中で、リーセリアの評価がまた大きく上がった。

もっとも、彼女が敢えて罠を踏破する道を選んでも、それはそれで、いかにも〈魔王〉に相応しい姿勢だと評価は同じくらい上がっただろう。

結局のところ、お気に入りの眷属にはとことん甘いレオニスだった。

◆

グラウンドに併設された観客席の上で――

「ふん、なかなかよくやってるじゃないか」

ディーグラッセ教官は、賞賛の言葉を口にした。

レオニスが入学した際、上級生のミュゼルとの決闘を監督した教官だ。

合同試合の様子は中継され、グラウンドの大型モニターに映し出される。学院生はもちろん、立ち入りを許可された一般市民も試合を閲覧することができるのだ。

とはいえ、観客の数はそう多くない。午前中だから、という理由もあるが、第十八小隊はそれほど注目されていないのだ。

相手は成績上位の〈ファーヴニル寮〉組。

結果の見えている試合など、たいして面白くないということだろう。

学生の中には非公認の賭けをしている者もいるようだが、この試合では賭けにならないとまで言われる始末だ。

咲耶(さくや)はたしかに優秀な剣士だが、チームでの戦術に馴染(なじ)まない。

エルフィーネは〈聖剣〉の本来の力を失っているし、レギーナの強みである大型砲は訓練試合では使えない。リーダーのリーセリアは、つい先日〈聖剣〉の力に目覚めたばかりだ。ミュゼルとの決闘には勝利したものの、それはあくまで初見であったため、というのがおおかたの見方である。

そして、新たに引き入れた小隊員は、わずか十歳の少年だ。

お荷物を抱えた状態では、むしろ弱くなるだろう、と噂(うわさ)されていた。

(さて、どうなるか――)

◆

足場の悪い茂みの中を、二つの影が疾駆する。

リーセリアは魔力を込めた脚で木々を蹴りつけ、風のように突き進んだ。

「レオ君、ついてこれる?」

「――ええ、大丈夫ですよ」

リーセリアの後ろにぴったりとつきながら、答えるレオニス。

（……まったく、俺を誰だと思っている）

レオニスは〈影歩き〉の魔術で、リーセリアの影と一緒に移動しているのだ。この魔術を付与している間は、影そのものと一体化するため、木々に邪魔されることはない。

シャーリに教わった魔術だが、なかなか便利なものだ。

ヒュンッ――と、風を斬る音が聞こえた。

鋭い光の矢がリーセリアの頰をかすめ、背後の茂みへ消えていく。

「射手か――」

オーソドックスな遠距離攻撃タイプの〈聖剣〉だ。

見晴らしのいいほうのルートを選んでいれば、狙い撃ちにされていただろう。

しかし、ねじくれた木々の林立するこのルートは、相手にとって想定外。

こう遮蔽物が多い中を移動されては、なかなか狙うことはできまい。

「射手の伏兵を読んでいたんですか？」

「ううん、勘よ。あっちのルートは、なんとなく危ない予感がしたの」

（――勘か、それはより素晴らしいな）

と、レオニスは胸中でほくそ笑む。

ヒュッ、ヒュンッ、ヒュンッ――光の矢が二射、三射と撃ち込まれる。

リーセリアは地を蹴った。彼女の蒼氷（アイスブルー）の目が、魔力を帯びて真紅に輝く。

木立の間を走り込みつつ、抜剣。飛来する矢を正確に見切り、弾（はじ）き飛ばした。

「〈吸血鬼（ヴァンパイア）〉の眼（め）の使い方に、慣れてきましたね」

「レオ君の特訓のおかげよ」

〈吸血鬼〉の能力の扱いだけではない。

剣のほうの実力も、スケルトン相手の実戦訓練でメキメキ伸ばしている。

（……まったく、成長が楽しみな眷属（けんぞく）だ）

ヤケになったのか、降り注ぐように放たれた〈聖剣〉の矢を——

「——〈魔風（ディムド）〉」

レオニスは簡易魔術で容易（たやす）く逸（そ）らす。

「はああああああっ！」

立ちはだかる木々を斬り裂いて、リーセリアは木立を一気に踏破した。

森の途切れた先に現れたのは、丘の下の開けた場所だ。

見上げたそこには、クロスボウの〈聖剣〉を構えた少女。

そして、ポイントとなるフラッグがあった。

「……っ、こんなに速いなんて——！」

クロスボウの少女が焦りの表情を浮かべる。あわてて矢を装填（そうてん）しようとするが、

「――もらったわ！」

リーセリアは脚に収斂した魔力を解放。地面を蹴り、跳び上がる。

ザッ、と着地して、クロスボウの少女に一気に詰め寄った。

接近戦となれば、リーセリアに対して勝ち目はない。

――が、その時。

グルルルルルルルウッ！

岩陰より飛び出してきた二頭の氷の狼が、リーセリアに襲いかかった。

「……っ、セリアさん!?」

少し遅れて、崖に跳んだレオニスは叫んだ。

咄嗟に、左腕を掲げて防御するリーセリア。

氷狼の牙が食い込み、パキパキと腕が凍り付く。

「ふっ、やはり来ましたわね。リーセリア・クリスタリア、とおまけの子供！」

岩の上に姿を現したのは、青い双眸に、プラチナブロンドの髪の少女。

第十一小隊の小隊長、フェンリス・エーデルリッツだ。

「……っ、フェンリス、どうしてここに!?」

後方へ素早く跳び下がりつつ、リーセリアが驚きの声を上げる。

フェンリスは、中央を突破する咲耶の相手をしているはずだ。

「もちろん、あなたと決着を着けるためですわ」

ふぁさっ、と指先で髪をかきあげるフェンリス。

五頭の〈魔氷の群狼〉が、リーセリアとレオニスの周囲を取り囲む。

「そうじゃなくて、咲耶は——」

「ふふっ、あの娘、剣の腕はなかなか立ちますけど、絡め手は苦手のようですわね。今頃、わたくしの〈氷狼〉と遊んでいる頃ですわ」

(……森の中に誘い込まれたか)

自律行動する〈聖剣〉——〈氷狼〉に咲耶を翻弄させつつ、自身は密かにこっちへ移動してきた、というわけだ。探知しにくい森の中を移動しつつ、〈氷狼〉を囮として、エルフィーネの索敵を躱した、か。

「森は、わたくしの一番得意なフィールドでしてよ」

フェンリスは余裕の表情で、ふっと微笑した。

「わたくしの小隊の精鋭アタッカー二人が、あなたたちの拠点に攻め込んでいますわ。エルフィーネさんとメイドだけでは、対処は不可能。わたくしたちの勝ちですわ」

「……っ！」

たしかに、あの二人だけでは、フラッグを守りきるのは難しいだろう。だが——

リーセリアは、岩の上のフェンリスをくっと睨み、

「──咲耶が言ってたわ。戦は、大将首を獲れば勝ちだって」

「……なにを仰りたいんですの？」

「先にあなたを倒せばいいんでしょう、フェンリス！」

叫ぶと同時、魔力を解放する。

澄んだ音をたてて、彼女の左腕の氷が砕け散った。

◆

「お、あれが寄せ集め小隊か」

「なんだ、ガキがいるじゃねーか。おいおい、遊びじゃないんだぜ」

観覧席の前を通りがかった学生たちが、モニターを見て嘲笑した。

すると、モニターの一番前に座っていた少女がおもむろに立ち上がり、

「……っ、レ、レオお兄ちゃんはっ、ぜったいに勝ちます！」

嘲笑した学生たちに向かって叫んだ。

（……ふむ？）

ディーグラッセは面白そうに口もとを緩める。
七、八歳ほどの少女だ。肩口で切り揃えた黒髪が可愛らしい。

身なりからして、棄民の子供だろうか。

「……ああ？　なんだ？」

学院生の少年が不機嫌そうに少女を睨む。

だが、そのおとなしそうな外見の少女は気丈にも、年上の二人を睨み返した。

「ティセラ姉の言う通りよ、レオお兄ちゃんとリーセリアお姉ちゃんは、あたしたちの孤児院を助けてくれたんだから！」

と、こんどは栗色の髪の少女が、黒髪の少女をかばうように立ちはだかる。

「ミ、ミレット姉ちゃん……」

そんな少女の腕を不安そうに引く眼鏡の少年。

「お前ら、連中の知り合いかなんかか？」

少年は肩をすくめると、モニターに視線を遣った。

「気の毒だが、勝ち目はないぜ」

「ああ。相手はあのフェンリスの第十一小隊だ」

馬鹿にしたように、ヒラヒラと手を振る少年。

と——

「その子供たちのほうが、まともな目を持っているようですね」

「……？」

聞こえてきた可憐な声に、全員が振り向く。

観覧席に、メイド服姿の少女が座り、ドーナツを食べていた。

（……いつのまに!?）

まったく気配を感じなかったことに、ディーグラッセは驚愕した。

◆

「──ふっ、落ちこぼれのあなたが、このわたくしに勝てると思っていて！」

グルルルルルウッ！

フェンリスの号令一下──

五頭の〈氷狼〉の群れが、リーセリアめがけて一斉に襲いかかる。

「──はあっ！」

リーセリアは深く身を沈め、〈誓約の血魔剣〉を抜き放った。

飛びかかってきた一頭を斬り伏せ、瞬転して、剣の柄でもう一体を殴り倒す。

即座に体勢を立て直し、防御の構えをとった。

「……なっ！」

その鋭い剣捌きに、フェンリスが目を見開く。

（……俺の〈スケルトン・ビースト〉と集団戦闘の訓練を積ませているからな）

「もう、落ちこぼれじゃないっ！」

リーセリアが脚に魔力を収斂（しゅうれん）し、地面を蹴りつけた。

「……させませんっ！」

と、リーセリアめがけ、岩陰に身を隠した射手の少女が光の弓を放つ。

「おっと、無粋だぞ――」

レオニスは小声で呟（つぶや）くと、〈封罪の魔杖（まじょう）〉で足もとの地面をトンと叩（たた）く。

瞬間、影が蛇のようにかまくびをもたげ、光の矢を呑（の）み込んだ。

「……ええっ!?」

〈影使い（シャドウマンサー）〉の初等魔術――〈隠れ潜む影蛇（スネーク・バイト）〉。

影の蛇はシューッと鳴くと、射手の少女の潜む岩陰に素早く回り込む。

「い、いやあああああああああっ……む、むぐぐっ……！」

甲高い悲鳴が聞こえ、やがてくぐもった呻（うめ）き声に変わった。

岩陰から、全身を影の蛇に絡み付かれ、繭（まゆ）のようになった少女が転がり出てくる。

狙撃手をあっさり片付けたレオニスは、リーセリアのほうへ視線を向けた。

岩棚の上に跳躍したリーセリアは、フェンリスに〈聖剣〉の刃（やいば）を振り下ろす。

「はあああああああああっ！」

刃引きしてあるとはいえ、まともに受ければ昏倒(こんとう)は必至。だが――

「……っ、甘いですわ、リーセリア！」

フェンリスはバックステップで後退、間合いをとる。

すぐさま、彼女を守るように、二体の〈氷狼(ひょうろう)〉が跳んできた。

リーセリアが踏み込む。

その瞬間。フェンリスが両手を前に構え、叫んだ。

「〈聖剣〉形態換装(モード・シフト)――〈破砕の氷拳(フリージング・フィスト)〉！」

二体の〈氷狼〉が渦巻く吹雪に姿を変え、フェンリスの両拳に宿る。

レギーナの〈ドラグハウル〉のように、モードを変えることができるらしい。

グルオオオオッ――氷狼の拳が咆哮(ほうこう)し、振り下ろされた刃を受け止める。

「……しまっ――！」

左拳で刃を受けたまま、フェンリスは右の拳で拳打を繰り出した。

（……見かけによらず、格闘使いか！）

「かっ……はっ――！」

リーセリアの身体(からだ)が吹き飛んだ。

地面をバウンドして転がる。

それでも、〈聖剣〉を手放さなかったのは、彼女の意地だろう。

そんなリーセリアを、フェンリスが猛追する。

「まだまだっ、ですわ！」

「……っ！」

リーセリアは立ち上がり、距離を取ろうとするが——

「……っ、脚が——!?」

彼女の片脚に、〈氷狼〉が食らいついていた。

「ふっ、これで、おしまいですわっ！」

氷拳を宿したフェンリスが、一気に距離を詰める。

（……まあ、少しは手助けしてもいいか）

なんだかんだ眷属に甘いレオニスが、影の魔術を唱えようとする。

——が、その寸前。

「……ない……」

リーセリアの蒼氷の瞳が、真紅に輝く。

全身から吹き出した魔力が、嵐のように暴れ狂った。

「……っ、こんなところで、負けられ……ないっ！」

脚に食らいついた〈氷狼〉の頭が砕け散る。

そのまま、彼女は人間離れした脚力で跳び上がった。

着地。〈聖剣〉の刃を一閃し、飛びかかってきた〈氷狼〉を斬り伏せる。

「なっ、なんですの……このっ――！」

冷気をまとうフェンリスの氷拳が迫る。

だが、彼女はその拳を、剣の刃で弾いた。

「ずっと、あなたに憧れて、あなたの背中を見てたもの！」

「……っ!?」

リーセリアの手にした〈誓約の血魔剣〉が真紅の輝きを帯びる。

人々を守る騎士に憧れた、落ちこぼれの少女。

〈聖剣〉の力に目覚めることがなかった、彼女は――

聖剣士として活躍するライバルの背中を追って。

誰にも期待されず、嘲笑されながら、努力してきた。

（――やはり、俺の目は間違っていなかったな）

レオニスは胸中でそう確信する。

確かに、〈吸血鬼の女王〉は、アンデッドの中でも稀少な上位種族だ。

だが、それだけではない。彼女の強さの本質は、その意志の力。

リーセリアの剣が、フェンリスの繰り出した氷拳を打ち砕く。

「――これが、俺の右腕となる眷属だ」

と、レオニスは誇らしげに呟いた。

◆

「スゴイですスゴイです、お嬢様！　私たちが〈ファーヴニル寮〉の第十一小隊に勝利するなんて、学院創立以来の番狂わせですよ！」

訓練フィールドに併設された巨大施設の通路。

喜びはしゃいで、リーセリアに抱き付くレギーナの背中を、

「みんなのおかげよ」

リーセリアは苦笑してぽんぽん叩く。

拠点のフラッグ奪取と、相手チームのリーダーであるフェンリスを戦闘不能にしたことで、第十八小隊は試合に勝利した。

リーセリアたちにとっては、大きな金星だ。

フィールドではすでに次の演習試合が始まっている。少女たちは勝利の余韻に浸りつつ、汗を流すため、〈ウンディーネ〉大浴場に向かって歩いているところだった。

「それに、慢心してはいけないわ。フェンリスが私との勝負にこだわらずに、中央の拠点の奥に構えていたら、きっと勝つことはできなかったもの」

「もう、真面目ですね、お嬢様は……」

レギーナはリーセリアの首を離すと、

「でも、ここで勝ったのは大きいですよ。これでうちの寮にもジェットバスが入るかも」

「その前に、リビングのエアコンを修理したいところね」

リーセリアは肩をすくめて言った。

「先輩、すまない。まんまと敵の罠に誘い込まれてしまった」

しゅんと反省の言葉を口にしたのは、目の覚めるような青い髪の少女。

咲耶・ジークリンデだ。

〈聖剣学院〉の制服の上に、〈桜蘭〉の伝統服を羽織っている。

「いいえ、咲耶もよくやってくれたわ」

「ええ。森に誘い込まれても、相手の罠使いを一人倒すなんて」

そうフォローするのは、少女の隣を歩く、少し年上の黒髪の娘だった。

エルフィーネ・フィレット。

第十八小隊のオペレーターであり、チームの頼れるお姉さん的な存在だ。

「偶然だよ。フェンリスの狼を狩っていたら、運良く鉢合わせたんだ」

「咲耶と鉢合わせるなんて、運が無いわね」

たしかに、近接戦闘に限れば、咲耶に敵う学生はそういないだろう。

「う～、わたしも活躍したかったです」

「レギーナの存在は抑止力になっていたわ。相手のアタッカーも慎重になっていたもの」

「正面突破してきたら、撃ち抜く自信はありましたけどね」

と、リーセリアはレオニスのほうを振り返り、

「レオ君も、狙撃手を倒してくれたわね。演習での初撃破おめでとう」

「いえ、セリアさんに注意が向いていたので、その隙を突いただけです」

レオニスは肩をすくめて首を振る。

（本当は、一人も倒すつもりはなかったんだがな）

眷属の前で、少しだけ格好をつけたくなってしまった。

……〈魔王〉時代からの悪い癖だ。

「いいなあ。私もレオ君の活躍、見たかったです」

レギーナが羨ましそうに言った。

「フィーネ先輩、あとで〈宝珠〉の記録見せてくださいね」

「お安い御用よ――と、ちょっと待って」

エルフィーネは通信端末を起動させた。

その表情が、ほんの一瞬だけ、真剣なものになる。

「ごめんなさい。うちの猫が呼んでるわ。またあとで、合流するわね」

彼女は両手を合わせて謝ると、通路を小走りに駆け出した。

「……猫？」

「先輩は猫を飼っているの。寂しがり屋さんで、お世話が大変みたい」

首を傾げるレオニスに、リーセリアが言った。

「寮では見かけませんでしたけど」

「よく学院の敷地を歩き回ってるわよ。ほとんど放し飼いみたいなものね」

「そういえば、咲耶も最近、野良犬を飼い始めたんですよね」

「いや、黒鉄モフモフ丸はべつに飼っているわけでは——」

と、そんな話をしているうちに——

彼女達は〈ウンディーネ〉大浴場の前に到着した。

「——それでは、またあとで」

軽く頭を下げ、レオニスが男子用の浴場に向かおうとすると、
くいっ。制服の襟をつままれ、引き戻される。

「少年は、こっちですよ」

「……は？」

「だって、少年はまだ十歳でしょう？」

人差し指をぴんとたてて、女子用の浴場を指差すレギーナ。

「学院の規則では、十歳までは保護者と一緒に入ることができるんです」

「ま、待ってください、僕は……！」

あわてて抗議しようとするが、

「そうね。レオ君、一人だと心配だし、お風呂壊しちゃうかもしれないし」

「壊しません！」

……たしかに、一度使い方がわからずに壊してしまったのは事実だが。

「それに、レオ君、一人でお風呂に入ると烏の行水なんだもの。今日は頭に砂がいっぱいくっついているんだから、ちゃんと洗わないとだめよ」

「え、ちょ、ちょっと、セリアさん!?」

「はいはい少年、わがままはだめですよ」

「……～っ！」

くすくす微笑む（ほほえむ）レギーナと、真面目（まじめ）なリーセリアに背中を押され――

レオニスは女子の浴場に引っ張り込まれてしまうのだった。

◆

もうもうと白い湯気の立ちこめる、〈ウンディーネ〉大浴場。

半球状の施設の中には、種類の違う六つの浴場があり、サウナ、水風呂、蒸気風呂なども完備されている。磨き込まれたタイル張りの壁面には、世界が〈ヴォイド〉に侵攻される以前の、美しい自然の風景が描かれていた。

そんな、楽園のような施設の一角で――

「少年、肌綺麗(きれい)ですねー」

「レオ君、動いちゃだめよ」

（……っ、どうしてこうなった！）

リーセリアとレギーナに裸にされたレオニスは、洗い椅子の上で頭を抱えた。

顔が火照(ほて)っているのは、たちこめる蒸気のせいだけではないだろう。

「少年、そんなに固くなってたら、ちゃんと洗えませんよ。ほら、ばんざーい」

ツーテールの髪をおろしたレギーナが、腕を掴(つか)んで持ち上げる。

「……っ!?」

背中にぴとっと触れる、濡(ぬ)れた肌の感触。

レオニスは両手をあげたまま、びくっと身を震わせた。

「ふふー、恥ずかしいですか、少年？」

「レ、レギーナさん、自分で、洗いますから……」

弱々しく抵抗の声を発するが、シャワーの音でまるで聞こえない。

（お、俺は魔王、万を超える死の軍勢を支配する、魔王……）

レオニスは意志の力を強く持つため、自身が魔王であることを必死に確認する。

ごしごし。ごしごしごしごしごし。

スポンジが肌を優しく擦り、レオニスの肌は石鹸の泡につつまれていく。

「レギーナ、身体はもういいんじゃないかな」

「はいはい、お嬢様」

ほっとしたのも束の間。

リーセリアの声に、レギーナが位置を入れ替わる。

「レオ君、目を閉じててね。シャンプーが目に入るから」

こんどはリーセリアの繊細な指先が、レオニスの頭をわしゃわしゃとかきまわす。

リーセリアの指先は、少し冷たい。

彼女が不死者の〈吸血鬼〉だからだろう。

「あの……だから、自分で……」

「だーめ。レオ君、洗いかた下手だもの」

「ぐっ……」

たしかに、〈不死者の魔王〉であった頃は、風呂桶ではなく棺桶に入っていた。

ゆえに、身体の洗い方など、ほとんど忘れてしまっていた。

「レオ君って、少し癖っ毛なのよねー」

などと楽しそうに呟きながら、彼女は髪を泡立ててゆく。

「ねえ、かゆいところはない？」

「だ、大丈夫……です……」

レオニスはこくりと喉を鳴らした。

（……っ、悔しいが、このわしゃわしゃは気持ちいい）

甘く痺れるような感覚に、心地よく眠ってしまいそうだ。

「咲耶、お背中流しますよ——」

と、手持ちぶさたになったレギーナが、咲耶の後ろに移動する。

「いや、ぼ、僕は大丈夫だ——」

普段はクールな咲耶が、珍しく動揺した様子で首を振る。

「……？　おや、咲耶、ひょっとして……」

レギーナは悪戯っぽく微笑むと——

「ふあああああっ！」

うしろから、咲耶の胸をわしづかみにした。

「やっぱり、少し大きくなりましたね。わたしの目は誤魔化せませんよ」

「……～っ、そ、そんなことはないっ……先輩っ、ばかっ！」

顔を真っ赤にした咲耶は、ぽかぽかとレギーナを叩く。

「ね、レオ君もそう思いませんか？」

「……え？」

訊かれ、うとうとと眠りかけていたレオニスはハッと顔を上げた。

そして、反射的に見てしまう。

石鹸の泡にまみれた、咲耶の胸を。

「……〰〰〰〰〰っ！」

咲耶の声にならない悲鳴が上がった。

バスタオルであわてて胸もとを隠し、カアアッと顔を赤らめる。

「ご、ごめんなさいっ！」

「……しょ、少年……ぼ、僕のっ……僕の胸……」

「いえ、その……すごく、綺麗、で……」

「……〜っ、少年っ！」

可憐な唇をきゅっと窄め、恨めしそうにレオニスを睨む咲耶。

シャワーの上のハンドタオルを手に取ると、手早くレオニスの目に巻き付けた。

「……っ、さ、咲耶さん、なにを……！」

「子供とはいえ、やはり、えっちなのはだめだと思う！」

普段のペースを取り戻した咲耶が、きゅっと結び目を締める。

「咲耶、そんなことをしなくても、レオ君は大丈夫よ。ね、レオ君」

と、リーセリアが訊いてくるが、

「か、かまいません、目隠しをしましょう！」

レオニスはこくこく頷くのだった。

◆

艶やかな夜色の翼の天使が、無数のグリッドで区切られた、闇の中に舞い降りる。

魔力素子による疑似ネットワーク空間――〈アストラル・ガーデン〉。

六十四年前、人類統合計画の中で生み出された、〈戦術都市〉を繋ぐ仮想空間だ。

もともとは軍事機密の類いであったが、近年は学院にも開放されつつある。

滅びゆくこの世界にあって、〈ヴォイド〉の侵略を受けない唯一の空間。

光のグリッドで表現されたその空間を、彼女は自在に動き回る。

胸もとの大胆に開いたドレスは、扇情的ともいえるデザインだ。普段の清楚な彼女を知る者が、いまの姿を見れば、みな驚きの表情を浮かべるに違いない。

〈夜の女王〉――エルフィーネ・フィレットの、学院におけるもうひとつの顔だった。

開放的な気分に浸りながら、彼女は一本のグリッドの上に下り立った。

「——おいで、〈ケット・シー〉」

呼びかけると、一匹の黒猫が、にゃあと鳴いて彼女の前に姿を現した。

〈ケット・シー〉は、ネットワーク上に存在する、エルフィーネ専用の〈人造精霊〉だ。

情報を支配する〈聖剣〉——〈天眼の宝珠（アイ・オヴ・ザ・ウイッチ）〉の一つを加工して、彼女が造り上げた。

先ほど彼女を呼んだのは、この黒猫の精霊だ。

帝都にある〈フィレット社〉のネットワークに、不審なデータを発見したらしい。

フィレット社——魔導機器を制御する、〈人造精霊〉の研究に携わるメイカーだ。

（……先日のテロ事件で使われたのは、フィレット社の精霊だった）

王族専用艦〈ハイペリオン〉の精霊を支配できるのは、アルティリア王女だけのはず。

しかし、〈魔剣使い〉の持ち込んだ精霊は、船の精霊を強制支配状態にした。

王族の血を引く、レギーナがその支配を取り戻せていなければ、暴走した〈ハイペリオン〉は〈暗礁〉に突っ込み、虚無に呑（の）み込まれていただろう。

（あの〈魔剣使い〉とフィレット伯爵家に、何か関係があるのだとすれば……）

ここ数日の調査で、フィレット社の内部に不透明な資金の流れがあることは発見した。

だが、それ以上の情報はなかなか出てこない。

中枢の機密区画は、強固な防壁に阻まれているのだ。

〈ケット・シー〉がにゃあと鳴き、エルフィーネの前に黒いキューブを出現させる。

「これが、不審なデータ？」

エルフィーネは屈(かが)み込むと、慎重にキューブの表面に触れた。

キューブは幾何学上にほどけ、圧縮された情報が彼女の頭に流れ込んでくる。

と、そのデータの奔流の中に、厳重にロックされたファイル名があった。

「――【D.project】？」

エルフィーネは訝(いぶか)しんだ。

【D.project】――【D】とはなんだろう？

（なにかすごく不吉な予感がする……）

――と、その時だ。頭の中で、耳障(みみざわ)りなアラート音が響く。

（……っ、緊急コール？　もう、こんな時に――）

エルフィーネはあわてて、〈アストラル・ガーデン〉への接続を遮断した。

「――……」

小型のヘッドギアを外すと、艶(つや)やかな彼女の黒髪がはらり、とこぼれた。

乱れた髪を手櫛(てぐし)でととのえ、小さくため息をつく。

〈聖剣学院〉――情報統括室。軍用の大型情報端末を使用できる、特別な施設だ。

ネットワークへの接続は学院に記録されてしまうが、〈天眼の宝珠(アイ・オヴ・ザ・ウイッチ)〉の力を使えば、偽装することは簡単だ。

(――なにかしら、〈管理局〉の緊急コールなんて)

訝しげに眉をひそめ、彼女はデスクの上の端末に目を落とす。

そして、その薄闇色の目を見開いた。

「……っ、なんですって!?」

◆

……ごしごし。ごしごしごしごし。

「レオ君、そんなに固くならなくてもいいのよ」

レオニスの背中を洗うリーセリアが苦笑する。

「……～!」

目隠しをされ、安心したレオニスであったが――

すぐに、それが大きなミスであったことを悟ることになった。

耳もとにかかる息がくすぐったい。

細い指先が触れた場所に、甘く痺(しび)れたような感覚がはしる。

「……くっ……あっ……」

思わず、そんな吐息を洩らしてしまう。

視覚を遮断されたことにより、全身の感覚がより鋭敏になってしまったのだ。

「レオ君、大丈夫？　痛かった？」

リーセリアが気遣わしげに訊いてくる。

「だ、大丈夫……です……」

「ふふっ、真っ暗だと、想像力が働いてしまいますよね、少年？」

レギーナがくすっと笑い、耳もとで息を吹きかける。

ふよんっ。ふよよんっ。

なにかやわらかい感触が、レオニスの二の腕に押し付けられる。

「レ、レギーナさん、そういう悪戯は……ふっ……あっ……」

「あ、女の子みたいな声、可愛いですね」

（……～っ、このメイド、絶対わざとだ！）

閉ざされた視界の中で、レオニスはぐぬ、と呻く。

「レオ君、次は前を洗うわよ」

「セ、セリアさんっ⁉」

いっそ〈石化呪文〉で石像になってしまおうか、と考えた、その時。

不意に、通信端末の鳴る音がした。

リーセリアが耳に着けている、イヤリング型端末だ。

「……〈管理局〉の緊急招集コール、なにかしら？」

リーセリアは背中を洗う手を止め、訝（いぶか）しそうに呟（つぶや）いた。

第三章　第〇三戦術都市（サード・アサルト・ガーデン）

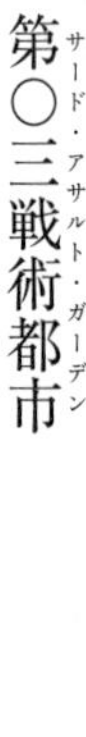

帝国標準時間一三〇〇（ヒトサンマルマル）。

緊急コールを受けたリーセリアたちは、あわただしく着替えを済ませると、〈聖剣学院〉管理局塔の〈対虚獣戦略会議室〉に到着した。

「リーセリア・クリスタリア、緊急招集に応じ、参上しました」

「――入れ」

リーセリアがドアを開けると、第十八小隊の指導教官ディーグラッセと、騎士団の制服を着た情報解析官の女が一人、それにエルフィーネが着席していた。

エルフィーネが顔を上げると、仲間たちに軽く会釈する。

ディーグラッセは、早く座れとばかりに顎先で着席を促した。

（……なんだ？　また〈ヴォイド〉が出現したか？）

ただならぬ空気を感じつつ、レオニスはリーセリアとレギーナの間に座る。

第十八小隊の少女たちが、訝（いぶか）しげに視線を見交わしていると、

「まず、お前達に見てもらいたいものがある」

ディーグラッセが静かに口を開いた。

情報解析官の女が短く頷き、端末を操作する。

と、長大な会議テーブルの上に、解像度の粗い画像が投影された。

灰色の雲の垂れ込めた、どこかの海の映像のようだ。

「この映像は、今朝、ハクラ島基地に配備された観測機器が撮影したものだ」

「ハクラ島……たしか、〈虚無領域〉の観測基地ですよね？」

訊ねるリーセリアに、ディーグラッセは頷いて、

「そうだ。〈第〇七戦術都市〉の現在位置より、北西およそ五〇〇キロルの場所にある」

「虚無領域？」

……聞き慣れない言葉だった。レオニスは訊ねる。

「〈ヴォイド〉の〈暗礁〉の密集したエリアのことよ。人類が決して立ち入ることのできない魔の海域。虚無領域の中は濃い瘴気に覆われて、船や戦術航空機が侵入することはもちろん、観測することもできないの」

リーセリアが説明してくれた。

「内部の様子を知ることはできないが、その外縁を観測することは可能だ。人類統合帝国は、〈虚無領域〉周辺の島に基地を建設し、常に海域の動きを警戒している」

……なるほど。先日のテロ事件で、〈ハイペリオン〉の遭遇した暗礁は、その〈虚無領域〉の小規模なものだった、ということか。

ディーグラッセは映像を指先で叩(たた)く。

「本日〇四〇四時。その観測機器が、ある巨大構造物の存在を捕捉した――」

すると、海を映していたその映像に、なにかが映り込んだ。

ゆっくりと海上を移動する、巨大な影。

その全貌が、日の出と共に徐々に顕(あら)わになる。

ブリッジで連結された人工の島。無惨に破壊された、無数の廃ビル群。

「……これって、まさか――！」

リーセリアが、ハッと息を呑(の)んだ。

レギーナ、咲耶(さくや)、エルフィーネも、同時に目を見開く。

「瘴気(しょうき)の影響で、あまり鮮明ではないが――」

ディーグラッセは、重々しい口調で言った。

「六年前。〈虚無領域〉に消えた、〈第〇三戦術都市(サード・アサルト・ガーデン)〉だ」

「……!?」

会議室が、しんと静寂に満たされた。

（――〈第〇三戦術都市〉だと？）

それは、たしか、リーセリアの生まれ故郷。

六年前、〈ヴォイド〉の〈大狂騒(スタンピード)〉によって滅亡したはずの都市の名だ。

「〈第〇三戦術都市〉の〈魔力炉〉は、完全に活動を停止していたはずです。そのまま放棄されて、〈虚無領域〉に呑み込まれた。それが、どうして――」

リーセリアが震える声で叫んだ。

「原因は不明です」

と、答えたのは情報管理官の女だった。

「〈聖剣学院〉管理局は、停止していた大型〈魔力炉〉が、なんらかの要因で暴走したものであると考えています」

「〈魔力炉〉の暴走……そんなことがあり得るんですか？」

「これまで、そのような例は報告されていない――が、あり得ないとは言い切れん。事実、あの〈第〇三戦術都市〉は、今現在も第四戦闘速度で移動し続けている」

ディーグラッセが言った。

「移動先は？」

エルフィーネが訊く。

「不明だ。ただ、現在の針路を直線上に移動すると――」

テーブルの上に、また別の映像が現れた。

人類圏を表示した海域図だ。

「まっすぐに、この〈第〇七戦術都市〉を目指して南下している」

「……っ！」

リーセリアたちは顔を見合わせた。

「速度は鈍重ですが、概算では、あと十四日ほどで接触する計算になります」

解析官の女が言った。

「どうして、ここに？」

と、再びエルフィーネ。

「不明です。ただ――」

と、彼女は少し言い淀(よど)むような様子で、

「〈第〇三戦術都市(サード・アサルト・ガーデン)〉が通常海域に出た直後、二度に渡って、〈第〇七戦術都市(セヴンス・アサルト・ガーデン)〉に向けた救難信号が送られてきたんです」

「なんですって!?」

「……嘘(うそ)、そんなこと……」

と、リーセリアが愕然(がくぜん)とした表情で呟(つぶや)く。

「だって、あの都市には……もう、誰も生き残って――」

「公式の記録では、そうだな。あの〈大狂騒(スタンピード)〉を生き延びたのは、お前たち二人を含めて、地下シェルターに逃げ込んだごくわずかな人間だけだ。仮に未捜索の生き残りがいたとしても、あの〈虚無領域〉の中で生きていられるはずもない。しかし、本学院が救難信号を

受信したのは事実だ。無論、機器の異常の可能性はあるが――」

「……」

全員がディーグラッセの話に注目している、その間――

レオニスの視線は、テーブルに映る〈廃都〉の映像に釘付けになっていた。

この場にいる誰もが、その存在に気付いていない。

いや、気付くことができるのは、その意味を知っているレオニスだけだろう。

なぜなら、それは――

（……なぜだ？　なぜあんなものが存在する？）

レオニスの胸中に大きな疑問が渦巻く。

――と、ディーグラッセは静かに席を立ち、全員を見回した。

「さて、以上の現状を踏まえた上で、お前たちを招集した理由は分かっただろう」

「〈第〇三戦術都市〉の調査任務、ですか」

リーセリアが言った。

「そうだ。第十八小隊に〈廃都〉の調査を命じる」

それは、だいたい予想していたことなのだろう。

リーセリアたちの顔に驚きはない。たとえ年端もゆかぬ少女だとしても、〈聖剣学院〉の学生は、歴とした軍属の騎士だ。都市のために命を賭すのは〈聖剣〉を授かった者の義務であり、そこに否(いな)はない。

「何か危機的状況に陥った場合は、小隊長の判断で撤退を許可する。学院は先遣隊の調査報告を踏まえ、あらためて大規模な調査団を派遣するとのことだ」

「――〈ヴォイド〉は、観測されているのかな」

と、咲耶(さくや)がはじめて発言した。

「廃都が〈虚無領域〉から現れたということは、〈ヴォイド〉の〈巣(ハイヴ)〉として利用されている可能性があるんじゃないかな」

「現在、目標の周囲に〈ヴォイド〉の発生は観測されていない。しかし、都市の内部までは詳細に観測できていない、というのが実情だ」

「あの、質問をよろしいでしょうか」

リーセリアが小さく挙手をした。

「許可する」

「先遣隊という重要任務を、どうして第十八小隊に?」

これまで、第十八小隊に与えられる任務のほとんどは、棄民(きみん)の保護か、遺跡にある〈巣〉の調査だった。こういった重要な任務は、もっとランクの高い小隊に任されるのが常だったのだろう。

ディーグラッセは、躊躇(ためら)うように一瞬口を噤(つぐ)んで、

「管理局の意向だ。聡明なお前なら、意味はわかるな？」

「……わたしが、クリスタリア公爵家の娘だから、ですね」

「お嬢様――」

レギーナが唇を噛む。

そのあたりの事情は、レオニスにもすぐに察せられた。

（……英雄が欲しい、というわけか。まったく、人間というものは）

と、皮肉をこめて呟く。

眠れる時を経て、ようやく〈聖剣〉の力を授かった、悲劇の少女。

彼女が〈聖剣士〉としての任務を負い、〈ヴォイド〉に滅ぼされた故郷に赴く。

そんな美しい物語は、いつの世も民の心を掴むものなのだろう。

一〇〇〇年前、ある王国に勇者レオニス・シェアルトと呼ばれた少年がいた。

彼の戦いは多くの人々に希望を与え、そして、彼自身は絶望のうちに命を落とした。

……そんな、益体もない昔話を思い出してしまう。

「政治的な意味があるのは事実だ。だが、私はお前たちの実力を高く評価している。今朝の演習試合での勝利も、見事なものだった」

「――ありがとうございます、教官」

リーセリアは覚悟を決めた表情で頷き、仲間たちの顔を見回した。

レギーナ、咲耶、エルフィーネが、それぞれしっかりと頷く。

「レオ君は——」

と、彼女はレオニスの顔を見て、少し迷うように表情を翳らせる。

「ああ、彼はまだ十歳だ。ここに来てからの日も浅いし、外しても——」

「——お気遣いは無用です、教官」

ディーグラッセの言葉を遮り、レオニスは言った。

「レオ君……」

「セリアさん、僕も第十八小隊の一員ですよ」

レオニスはリーセリアの目をまっすぐに見据えた。

「……わかったわ。レオ君は、わたしが守るからね」

こくっと頷く彼女に、レオニスは苦笑する。

彼女はレオニスの〈魔王〉の力の一端を、ある程度は知っている。それでも、年下の少年に対する意識は、あの日、霊廟で彼を助けた、あのときのままなのだろう。

「第十八小隊、任務了解しました。必ずや、成果をあげて帰還します」

リーセリアは胸に拳をあて、教官に敬礼した。

◆

出発は四時間後。帝国標準時間一七〇〇時に決定した。

ずいぶん急なものだとは思うが、目標が移動を続けていることを考えれば、たしかに早いほうがいいだろう。

「装備は一つ一つ点検して。道具が命を分けることがあるわ」

〈フレースヴェルグ寮の自室〉で、リーセリアは鞄に荷物を詰め込んでいた。

「あ、この糧食、期限切れじゃない。早く食べないと――」

そんなせわしない様子を横目に、レオニスは肩をすくめる。

レオニスの影の中には、〈影の王国〉の都がまるまる亡命しており、財宝や骨の兵士などの一切合切を、シャーリが管理している。鞄に荷物を詰める必要などないのだ。

レオニスはベッドの端に座り、リーセリアの後ろ姿を眺める。

「あとは、水筒とヘアドライヤーと……あ、ヘアドライヤーはいらないわね」

普段とは少し違う、なにかに急き立てられているような、そんな雰囲気があった。

（……動揺しているな。まあ、当然か）

ふっと嘆息して、レオニスはその背中に声をかけた。

「あの都市――〈第〇三戦術都市〉は、セリアさんの故郷、でしたね」

「……うん」

荷物をくくる手をとめ、リーセリアは頷(うなず)いた。

部屋の中に、短い沈黙がおとずれる。

ややあって——

「……今朝ね、夢を見たの」

おもむろに、彼女はそんなことを呟(つぶや)いた。

「夢、ですか——」

「ええ、六年前の夢。最近はあまり見なかったのに——」

リーセリアは鞄(かばん)を閉じると、レオニスのほうを向く。

「六年前の——あの〈大狂騒(スタンピード)〉の日。わたしはまだ九歳で、レギーナと一緒に地下シェルターの中で怯(おび)えていることしかできなかった。外ではお父様たちが〈ヴォイド〉と戦っていて、その物音に、ただ震えているしかなかった——」

その悪夢の日を思い出すように、リーセリアは肩を震わせた。

「そのあと、運良く〈第〇七戦術都市(セヴンス・アサルト・ガーデン)〉の棄民(きみん)調査団に保護された人以外は、誰も助からなかった。大事な人たちを埋葬することも、できなかった」

なにかを堪(こら)えるように、彼女はただ言葉を紡ぐ。

(……自分だけが生き残ってしまったことへの罪悪感、か)

本来、そんな罪の意識を抱える必要などないはずだ。

だが、不合理なその感覚を、レオニスは理解できる。

（――俺もまた、生き残ってしまった）

共に戦った〈魔王軍〉の最後を、見届けることなく――

「だから、わたしは、あの場所に戻る義務があるの。正直不安だし、なにが起きているのかは、わからないけれど――」

「――はい」

レオニスは頷く。

その時、リーセリアの通信端末の呼び出し音が鳴った。

「フィーネ先輩――」

『セリア、目的地までのルートを解析したんだけど、ちょっと見てもらえる？』

「は、はい、わかりました。すぐに行きます――」

リーセリアは律儀に頷きつつ返事をすると、

「それじゃ、レオ君、あとの荷物はよろしくね」

ぱたぱたとあわただしく部屋を出て行った。

「……」

ドアが閉まり、足音が遠ざかるのを確認して――

「――ブラッカス、シャーリ」

と、レオニスは声を発した。

「──呼んだか、我が友よ」

「お、お呼びに……けほっけほっ……なりましたか、魔王様」

足もとの影が揺れ──

立派な体格の黒狼と、少し遅れて、可憐なメイド服姿あの少女が姿を現した。

黒髪のメイド少女の手には、食べかけのドーナツがあった。

リスのように膨らんだ色白の頬に、食べ滓がついている。

「シャーリよ、なんだそれは?」

「モチモチドーナツです。並んで買いました」

「……」

レオニスは、シャーリを半眼で睨んだ。

「魔王様の分もありますよ」

「……む」

はい、とメイド服の袖から、ドーナツを取り出してみせる。

レオニスは受けとると、シャーリを睨んだまま、ぱくっと齧った。

「ほう、これは……」

たしかに、これまで食べたお菓子にはない、モチモチした不思議な食感だ。

シナモンの香りが効いていて、とてもうまい。

「この食感……人間たちの文明は、ここまで進んでいるのだな」

と、妙な感心をしてしまうレオニスである。

「紅茶をお淹れしましょうか、魔王様」

「ああ……いや、いい。お前、この世界に馴染んでいるな」

なかば呆れ、なかば感心したように、レオニスは言った。

「はい。情報収集のため、アルバイトも始めました」

「アルバイトとはなんだ」

「お菓子のお仕事です」

シャーリは胸に手をあて、恭しく答える。

「お前は俺の配下だろう。許可した覚えはないぞ」

レオニスが頭を抱えて言うと、

「しかし、〈魔王軍〉の資金に手をつけることはできませんので」

「ぐ、それは、そうだが……」

レオニスの〈魔王軍〉は、資金難だ。

〈影の王国〉にある宝物庫の財宝のほとんどは、この時代では価値を持たない。美術品として売ることはできるかもしれないが、一〇〇〇年前の〈神話級〉のアーティファクトなどを売れば、その出所を怪しまれ、レオニスの正体が露見するだろう。

「――ふん、まあいい」

シャーリの差し出したハンカチで口もとを拭いつつ、レオニスは言った。

「お前たち、これを見るがいい」

と、〈封罪の魔杖〉を手に取り、魔術を起動する。魔杖の尖端に嵌め込まれた宝玉――

〈竜の魔眼〉が青く発光し、その内部に映像を映し出した。

海を移動する、〈第〇三戦術都市〉だ。

「……なんだ？」

ブラッカスが訊ねる。

「俺の記憶を投影したものだ。これは、この〈戦術都市〉と同型の超大型要塞。六年前、あの忌々しい〈ヴォイド〉とかいう化け物によって壊滅させられた」

「――ふむ、それで？」

レオニスは、ブラッカスの鼻先に魔杖を翳してみせた。

「これだ。この、都市の中央に見える広場――」

「……っ、これは……！」

ブラッカスが黄金色の目を見開く。

先ほどの会議室では、レオニス以外の誰も気付くことはなかった。

……当然だ。知らなければ、わざわざ気に留(と)めるような情報ではあるまい。

だが、レオニスの目はそれを目ざとく発見した。

広場の地面に、赤い色で描かれた、〈星〉と〈燃える眼(め)〉のシンボルを。

「〈神聖教団〉のシンボル、か——」

ブラッカスが唸(うな)るように言った。

〈神聖教団〉——〈光の神々(ルミナス・パワーズ)〉を崇拝する、一〇〇〇年前の人間の王国で、大きな力を持っていた巨大な宗教組織。

〈神々〉や〈魔王〉、〈六英雄〉の伝承と同じく、この世界では、その存在そのものが、抹消されているはずのものだった。

何故(なぜ)、廃墟(はいきょ)となったあの都市に、そんなものが描かれているのか——？

〈ヴォイド〉に滅ぼされる以前に描かれたものではあるまい。

そのシンボルは明らかに、廃墟となった地面の上に描かれていた。

「不可解だな。〈神聖教団〉のシンボルのみが伝承されているということもあるまい」

「ああ。今のところ、失われた伝承に関する、唯一の手がかりらしい手がかりだ。ロゼリアの転生体に関する情報も得られるかもしれん。そういう訳で——」

レオニスが魔杖(まじょう)を振ると、宝珠の中の映像が消えた。

「俺はこの廃都を調べてくる。ブラッカスよ、すまないが——」

「――ああ、わかった」

みなまで言うな、とばかりに相棒の黒狼は鷹揚に頷いた。

「お前が留守の間、この〈王国〉をしかと預かろう」

「頼む。任せられるのはお前だけだ」

〈第〇七戦術都市〉は、〈ダーインスレイヴ〉により、レオニスの王国と規定された。

そうである以上、迂闊に離れて統治を疎かにするわけにはいかない。

〈魔王軍〉に編入したばかりの〈王狼派〉の残党も、今はまだ、妙なことをしでかさないよう、監視しておく必要があるだろう。

「魔王様、私は――」

「シャーリ、お前は同行しろ」

「仰せのままに」

シャーリは恭しく頭を下げた。

「気を付けるのだぞ、マグナス殿」

「ああ。ところで――」

と、レオニスは眉をひそめ、ブラッカスの首もとに視線を移した。

「先ほどから気になっていたが、なんだそれは？」

レオニスの首に着けられた、青いリボン付きの首輪だ。

「剣客の娘の贈り物だ」

と、ブラッカスは喉もとのリボンを見せるようにして言った。

「剣客……咲耶・ジークリンデのことか？」

「ああ、その娘だ。敷地の中の森を散歩していたら、野犬と間違えられて、人間たちに駆除されそうになったのでな。この首輪をしていれば、そういうこともなくなるだろうと、着けてくれたのだ」

「そうか……」

首輪を見せてくるブラッカスは、少し誇らしげに見えた。

王族なのにそれでいいのか、と口にするのを、レオニスは堪える。

（……まあ、俺も人のことは言えぬか）

大浴場での一件を思い出し、レオニスは小さく嘆息した。

◆

「間違いない。ここにいるのね、彼女は――」

その少女は――

崩れかけた廃墟の屋上に立ち、滅びた都市を見下ろした。

頭の後ろでくくった新緑色のしっぽ髪が、潮風に吹かれて靡く。

異国風の服にショートパンツ。湖面のように澄んだ青い瞳は、剣の刃のように鋭い。

背丈は小柄で、ともすればまだ十二、三歳の子供のようにも見えるが、ハーフエルフである彼女の肉体年齢は二十歳を超えている。

――アルーレ・キルレシオ。

〈六英雄〉の剣聖シャダルク・イグニスの弟子にして、魔王殺しの勇者と呼ばれた少女。

（――聖域の〈長老樹〉は、〈叛逆の女神〉の復活を予見した）

すらりと伸びた長い耳が、ぴくっとかすかに動いた。

人類の造り上げたこの都市には、人の姿はおろか、生命の気配さえ感じない。

故郷とはまるで違う、金属とコンクリートの森。

少女は疑問に思う。

（……一体、なにがこの都市を滅ぼしたの？）

一〇〇〇年前、世界に荒廃をもたらした〈魔王〉か？

否、〈叛逆の女神〉に仕えし八人の〈魔王〉は、すでに滅びたはずだ。

では、虚空の亀裂より現れる、あの異形の化け物か――

〈ヴォイド〉――彼女のいた時代には存在しなかった、虚無の侵略者。

あのおぞましい異形は、一体なんなのだろう？

この世界は変わってしまった。

（あたしが眠りについている、一〇〇〇年のあいだに――）

剣の柄に手をかけて、彼女はあたりの気配を探る。

聖域の〈長老樹〉より授かりし、〈魔王殺しの武器（ジ・アーク・セヴンス）〉。

そのひと振り――斬魔剣〈クロウザクス〉。

この時代に転生しているはずの、〈叛逆（はんぎゃく）の女神〉の器（うつわ）を砕くための武器だ。

と――

彼女の耳が、なにか不穏な気配を察知し、ぴくりと震えた。

「――ああ、何者かと思えば、かのエルフの勇者様ではありませんか」

「……っ!?」

背後を振り向くと。

どこから現れたのか、背後に神官服姿の青年が立っていた。

二十歳ほどだろうか。

青い目をした、白髪の優男（やさおとこ）。

穏やかな微笑を浮かべて、廃墟（はいきょ）の上に立っている。

（……こいつ、あたしのことを知っている？）

アルーレは目の前の男を鋭く睨（にら）んだ。

彼女が目覚めたことを知る者は、この時代にはいないはずだ。

額を冷たい汗が伝う。

(気配を感じなかった。ただ者じゃない……)

剣の柄を握る手に、力が入った。

「……お前は、〈女神〉の器の守護者?」

剣を構えつつ、問う。

と、男は皮肉げに唇を歪めた。

「守護者? まあ、そうとも言えますかねえ。だとしたら、どうします?」

「――斬る!」

ダンッ。足元を蹴りつけ、アルーレは跳躍した。

空中に躍り出て、斬魔剣〈クロウザクス〉を振り下ろす。

だが――

「……!?」

その神速の一閃は、虚空を薙いだだけだった。

優男の姿が、蜃気楼のように揺れて消える。

「幻影……!」

「せっかくのお客様ですが、〈勇者〉も〈魔王〉も、虚無に満たされたこの世界には、場違いな存在です。貴女(あなた)にはここでご退場願いましょう」

風に乗って、男の声だけがあたりに響く。

と、次の瞬間。

――ピシリ――ピシッ、ピシピシッ――

ガラスの割れるような音と共に、虚空に大きな亀裂が走った。

「これは⁉」

あの異形の化け物――〈ヴォイド〉の現れる徴候だ。

「……っ、あの化け物を呼んだ？　お前は、一体……！」

驚愕(きょうがく)の声を上げる、エルフの剣士。

「私の名はネファケス――ネファケス・ヴォイド・ロード」

男の声が、吹き渡る風に紛れて消え――

亀裂の中から、巨大な〈天使〉の腕が姿を現した。

◆

水平線に日が落ちかけた頃。第十八小隊を乗せた戦術航空機〈リンドヴルムⅢ型〉は、
聖剣学院の軍用ポートを飛び立った。

〈リンドヴルムⅢ型〉は、レオニスが〈ハイペリオン〉で壊した〈ナイト・ドラゴン〉より、一世代旧型の機体だ。これは、学院が第十八小隊の任務を軽んじているというわけではなく、あの王族専用艦に搭載された戦術航空機が、まだ実戦配備されていない最新鋭の機体だった、ということである。

「どう？　戦術航空機は」

機体を操縦するエルフィーネが後ろを振り向いて言った。

彼女の周囲には、複雑な文字の流れる光球が浮かんでいる。

〈聖剣〉――〈天眼の宝珠〉（アイ・オヴ・ザ・ウイッチ）に、機体の操縦をサポートさせているらしい。

「快適です。意外と広いんですね」

無骨な内装をきょろきょろと見回しながら、レオニスは答える。

事実、航空機の中は広く快適だった。

「男の子は、みんな戦術航空機好きですよね」

「あら、女の子も好きよ」

横に座るレギーナが言った。

エルフィーネがくすっと微笑する。彼女は兵器というか、魔導端末など、メカニカルなもの全般が好きなようだ。いつもティセラにくっついている、あの孤児院の姉弟の弟、リンゼと話が合うかもしれんな、と思う。

（まあ、この金属のガラクタより、俺の〈骨屍竜〉のほうが何十倍もかっこいいがな）

シートの座り心地に満足しつつも、心の中で対抗心を燃やすレオニスだった。

三人掛けの座席シートにレギーナ、レオニス、リーセリアが並んで座る。咲耶は航空機が大の苦手らしく、対面のシートで、ヘッドフォンにアイマスクをしていた。

（……しかし、移動に十時間以上となると、座り続けるのは厳しいな）

足元の震動を感じつつ、レオニスは嘆息する。〈不死者の魔王〉であったころは、疲労などとは無縁であったが、人間の肉体というのは、本当に度し難いものだ。

ふと、レオニスは窓の方に視線を向けて、

「空域は、〈ヴォイド〉に制圧されてないんですか？」

と、隣に座るリーセリアに訊ねる。

海には〈ヴォイド〉の発生する〈暗礁〉が存在した。であれば、空域を航空機で移動するのは危険ではないのか、と疑問を抱いた。

「〈ワイヴァーン〉型のような飛行型〈ヴォイド〉に襲われることはあるけど、空域に〈暗礁〉のようなものが現れたという報告はないわ」

リーセリアが人差し指をたてて言う。

「もちろん、空が安全というわけではないから、航空機を使えるのは任務の時だけ、それもレギーナのような遠距離型の〈聖剣〉を持つ聖剣士の同行が義務づけられているの。この航空機にも最低限の武装は積んでいるけど、正直、気休めでしかないわ」

「なるほど――」

つまり、人類は海も空も、〈ヴォイド〉に支配されているというわけだ。

かつて、世界を恐怖に陥れた〈八魔王〉の支配領域は、海と空だけでなく、竜の棲む山、精霊の生まれる幻想郷、果ては死の国にまであまねく及んだ。

海の領域は〈海王〉リヴァイズ・ディープシーが、そして空の領域は、レオニスの好敵手であった〈竜王〉ヴェイラ・グレータードラゴンが支配していたのだ。

（……〈魔王軍〉復活の暁には、あの異形どもから、制空権と制海権を奪取せねばな）

しばらく、そんなふうに、海を見たり空を見たりしていると――

壁に背をもたれた咲耶が、すぅすぅ寝息をたてはじめた。

彼女の寝顔を見ているうちに、レオニスにも眠気が襲ってくる。

（……最近は、夜遅くまで〈魔王城〉の設計プランを練っていたからな）

〈不死者の魔王〉であった頃は、眠る必要のなかったレオニスだが、成長途中の少年の肉体は、夜の九時を回る頃には、睡眠を求めてしまう。

その誘惑に抗うことは難しい。なにしろ、睡眠は気持ちよすぎるのだ。

「ふふ、少年、おねむですか？」

レオニスが船を漕ぎ始めたのに気付いて、レギーナが訊ねてくる。

「目標地点はまだまだ先だし、みんな眠ってて大丈夫よ」

　操縦席のエルフィーネが言った。

「フィーネ先輩は、寝なくて大丈夫です？」

「安定航路に入ったら、操縦と哨戒（しょうかい）を〈宝珠〉に任せて、少し休むわ」

「少年、ここで寝てもいいですよ」

　レギーナがふとももをぽんぽんと叩（たた）く。

「だ、大丈夫です！」

「遠慮することはありませんよ。ほら」

　と、レギーナはレオニスの頭を優しく抱くと、ふとももの上に押し付けた。

「……っ、レ、レギーナさ……！」

　頬（ほお）がカァッと赤くなる。あわてて起き上がろうとするも、やわらかい膝と胸に挟まれ、身動きがとれなくなってしまう。

「……～っ、ちょ、ちょっと、レギーナ！」

　リーセリアがむむっと眉をよせる。

「ふふっ、力を抜いて、楽にしてください」

　レギーナの吐息が、耳にふっとかかる。

　レオニスは思わず、ビクッと身体（からだ）を震わせた。

「耳掃除をしてあげます。すぐに眠くなりますよ」

レギーナはポケットから、ふわふわの綿のついた耳かき棒を取りだした。

「……~っ、ず、ずるいわっ、レ、レオ君の耳掃除はわたしが……」

「早い者勝ちですよ、お嬢様」

しれっとそう答えて、レギーナはレオニスの耳に綿を差し入れた。

「……あっ……くぅ……んっ……」

全身の力が抜けて、思わず、女の子のような声をあげてしまう。

「ふふ、あんまり動いちゃだめですよ、少年」

レギーナの細い指が、レオニスの顎をくいっと固定する。

ツーテールの髪先が、頬(ほお)にかかってくすぐったい。

(……くっ、なんという……気持ちよさだ……!)

魔王のプライドは抵抗しようとするも、少年の肉体はその快感に抗(あらが)うことはできない。

美少女メイドの膝枕の上で、レオニスは極上の快楽に悶(もだ)えるのだった。

第四章　蠢（うごめ）く虚無

「――ねえ、レオ……レオニス」

　彼女の声が、優しく耳朶（じだ）をくすぐる。

　人間達の多くは、その声を闇に誘（いざな）う声だと恐れて忌避したが、少年にとっては、いつまでも聞いていたくなるような、安らぎの声だった。

　夜の闇を梳（と）かして編んだような、艶（つや）めく黒髪。堕（お）ちた星のように輝く瞳。

　――ロゼリア・イシュタリス。

　八人の〈魔王〉を率い、〈光の神々（ルミナス・パワーズ）〉と戦った〈叛逆の女神（はんぎゃく）〉。

　彼女はときどき、少年をその膝の上で寝かせてくれた。そして、彼女が星の彼方（かなた）にいた頃の、はるか太古の神話を、寝物語に聴かせてくれたのだ。

「レオ、私が君のそばにいられる時間は、そんなに残されていないかもしれない」

「……ロゼリア？」

　少年は不思議に思う。彼女は、どうして、そんなことを言うのだろう。

「嫌、だよ……僕は、君のために……」

「ごめんね。けれど、それは宿命――いや、私の使命なんだ」

その白い手が、少年の目をそっと覆った。

「私はもうすぐいなくなる。一〇〇〇年の未来に転生するんだ」

「……未来？」

「そう、その時、わたしがどんな姿になっていても、わたしを見つけてくれるかな？」

「うん、絶対に見つけるよ。君がどんな姿になっていても。君が――」

――どんな姿になっていても。

◆

「……君……レオ、君……」

「……う、ん……」

身体（からだ）を小刻みに揺すられる感覚。

レオニスは寝ぼけ眼（まなこ）をこすると、ふたたび寝返りをうった。

「……この愚かものめ、〈魔王〉の眠りを、覚ます……とは……」

「レオ君？」

「死をもって、償うがよい……」

「レオ君、ひょっとして、寝ぼけてる？」

頬(ほお)に冷たい手がぴとっとあたる。

「……っ⁉」

そこで、ようやくレオニスはパチッと目を覚ました。

「……っ、セ、セリアさん⁉」

レオニスは跳ねるように起きあがった。

目の前に、戸惑った表情のリーセリアの顔がある。

透き通った蒼氷(アイスブルー)の瞳が、レオニスを心配そうに見つめていた。

いつのまにか、リーセリアの膝枕で寝ていたようだ。

「起こしてごめんね。レオ君、うなされてたみたいだから」

「途中でお嬢様と膝枕を交代したんです」

レギーナもあくびを噛(か)み殺して言った。

「少年の寝顔、可愛(かわい)かったですよ」

「か、からかわないでください……」

つんつん、と頬をつつくレギーナに、レオニスは顔を赤くする。

「ところで、魔王の眠りがどうとかって……」

「き、気にしないでください！」

レオニスはあわててごまかした。

寝ぼけてなにか迂闊なことを言ってしまったようだ。

（……寝言には気を付けねば）

と、レオニスは窓の外に目を向けて、

「えっと、どのくらい、眠っていたんですか？」

灰色の雲に覆われた空。日はすでに昇っているようだ。

「だいたい、八時間ほどね」

リーセリアが時計を見て言った。

「そんなに……」

「少年は、私の耳かきが気持ちよかったんですねー」

「わ、わたしの膝枕が気持ちよかったのよね、レオ君」

「し、知りません！」

「――みんな、あと十分ほどで、〈第〇三戦術都市〉の第三ポートに着陸するわ。一応、例の救難信号の出たエリアだけど」

操縦席のエルフィーネが、振り返って言った。

「わかりました。咲耶も、起きるわよ」

リーセリアが、眠る咲耶の身体を優しく揺する。

「う、ん……姉上？」

「お姉さんじゃないわ」

リーセリアが咲耶（さくや）のアイマスクを外すと、彼女は眩（まぶ）しそうに瞬（まばた）きした。

主翼のブースターが青い炎を吹き上げて、〈戦術航空機〉が高度を下げる。

レオニスは窓の側へ移動し、下の様子を眺めた。

垂れ込める雲の下、海の上を巨大な人工構造物が移動している。

（……あれが、〈第〇三戦術都市（サード・アサルト・ガーデン）〉か）

あまりに巨大で、その全容は把握できない。

中央のエリアは、濃い海霧に覆われ、よく見ることはできなかった。

〈戦術航空機〉が降下用のブースターを吹かし、着陸態勢に入った。

◆

人類最後の砦（とりで）。対虚獣要塞——〈第〇三戦術都市（サード・アサルト・ガーデン）〉。

連結された三つのエリアからなる巨大人口島。

その規模は、後に建造された〈第〇七戦術都市（セヴンス・アサルト・ガーデン）〉の半分ほどであるが、それでも、六年前の〈大狂騒（スタンピード）〉によって蹂躙（じゅうりん）される以前は、五十万以上の人口を擁していたという。

中央の〈セントラル・ガーデン〉に連結された、大型居住エリアの軍港。

〈ヴォイド〉によって破壊し尽くされ、無数のビルの廃墟が建ち並ぶその場所に、第十八小隊の戦術航空機は着陸した。

軍港は濃い海霧に覆われ、視界がひどく悪い。

瓦礫の上に下り立ったレオニスは、凝り固まった身体をゆっくりとほぐした。

噎せ返るような瘴気が、あたりにたちこめている。

（死の気配に満ちた場所だ。まるで、〈死都〉のようだな――）

すでに日は昇っているはずだが、空は灰色に濁り、陰鬱なほどに薄暗い。

六年前の凄惨な死の匂いは、いまなお濃厚に漂っている。

太古の時代であれば、アンデッドの群れが自然発生し、闊歩していたことだろう。

と、レオニスの背後で、固い靴音がした。

振り向くと、リーセリアが、ビルの廃墟を厳しい表情で見据えていた。

かける言葉もなく、レオニスはその場に立ち尽くす。

レギーナと咲耶、エルフィーネも航空機のハッチをロックして降りてくる。

「都市の中は瘴気が濃すぎて、航空機での移動は無理ね」

エルフィーネは肩をすくめて言った。

戦術航空機に搭載している精密な魔導機器は、瘴気の影響を受けてしまうらしい。

霧による視界不良もあり、下手をすると墜落しかねないのだそうだ。

「先輩――」

これからどうする――と、咲耶(さくや)が部隊長であるリーセリアのほうを向く。

リーセリアは、感傷を振り払うように首を振り、頷(うなず)いた。

「これより、市街地の第一次調査を行います」

まずは居住エリアの西側をレオニスとリーセリア、東側をレギーナと咲耶、エルフィーネのチームで調査することになった。

土地勘のあるリーセリアとレギーナをそれぞれのチームに振り分けつつ、もし都市内で〈ヴォイド〉と交戦するような事態になった際、レオニスの力がバレないようにという、リーセリアの配慮だろう。

(……よく気の回る眷属(けんぞく)だ)

レオニスの中で、リーセリアの右腕としての評価がまた上がる。

「セリア、これを――」

と、エルフィーネが〈天眼の宝珠(アイ・オヴ・ザ・ウイッチ)〉の一つを、リーセリアに手渡した。通常の通信端末は濃い瘴気(しょうき)の影響を受けてしまうため、ここでは彼女の〈聖剣〉だけが頼りになる。

「一時間ごとの定時連絡は欠かさずに、くれぐれも慎重に行動してください」

リーセリアが言った。

「――少年、セリアお嬢様をお任せしましたよ」

別れ際、レギーナがレオニスの耳もとで囁いた。

「大丈夫です」

レオニスはこくっと頷いた。

それから、レオニスは足もとの影に念話で話しかける。

『――シャーリよ』

『はい、魔王様』

返事と共に、レオニスの影がぐにゃりと少し形を変えた。

『お前はあの三人を護衛しろ』

『それでは、魔王様の護衛は？』

と、シャーリの声が言い淀んだ。

本来持つはずの魔力を大幅に制限され、身体能力はないに等しい、この十歳の少年の姿では、不安だと言いたいのだろう。

たしかに、それは事実だが――

『不要だ。俺を誰だと思っている？』

『しかし……』

『二度は言わぬ』

『……失礼しました、魔王様』

レオニスが睨むと、影が恐縮する気配があった。
『よい。彼女たちは眷属ではないが、俺の〈王国〉の臣下と思え』
『――は、心得ました』
地面に伸びた影が、恭しく一礼し、レオニスのもとを離れる。
レオニスは満足して頷いた。
メイドとしてはポンコツだが、彼女の暗殺者としての腕は信頼している。
レギーナたちのほうは、シャーリに任せておけば、まあ安心だ。
(この俺が、人間たちを守る、か――)
小さく肩をすくめつつ、レオニスは自嘲する。
(……まあ、あの三人は、俺の〈王国〉の民だしな)
胸中でそんな独り言を呟くが――
本当にそれだけなのかどうか、レオニス自身にも曖昧ではあった。

◆

廃墟の隙間を渡る風の音。瓦礫の上を歩く靴音が空虚に響く。

「このエリアは、〈クリスタリア騎士団〉が、戦線を築いて抵抗した場所よ」

崩れ落ちた要塞の前を歩きながら、リーセリアが言った。

白銀の髪が風に揺れる。

荒廃した都市に、動くものの姿は見あたらない。

「道が崩れるかもしれないから、気を付けて」

「はい……っと……！」

「レオ君、大丈夫？」

瓦礫に躓きそうになるレオニスの腕を、リーセリアが掴んで支えた。

「……すみません」

「無理はしないで。疲れたら、休みましょう」

リーセリアは立ち止まり、周囲の様子を見回した。

「全部、なくなってしまったのね」

「……」

廃都の道には、白骨さえ見あたらない。

（……たしか、〈ヴォイド〉は、人を喰うのだったな）

〈ヴォイド〉に喰われた人間は、あとかたもなく消えてしまう。

まるで、虚無に削りとられてしまったかのように。

「地下はどうなんですか？　まだ生き延びている人がいるかも」

と、レオニスは言った。

《第〇七戦術都市》と構造が同じなら、地下にシェルターがあるはずだ。

「そうね。地下シェルターには食糧と海水の濾過装置、地下プラントもあるわ。〈虚無領域〉の中で生き延びるのは、難しいと思うけれど——」

リーセリアとレオニスは再び歩きだした。

それから、二十分ほど歩いた場所に、まだ原型をとどめている施設を発見した。

大きな運動場と低階層の建物の組み合わさった、複合施設のようだ。

「ここには、学校があったの」

リーセリアが声を震わせた。

「〈聖剣学院〉のような、ですか?」

「ううん、〈聖剣士〉のためのではなくて、普通の子供の通う学校——」

彼女は、壊れた外門を押し開けた。

「中の建物は無事みたいね。入ってみましょう」

リーセリアは廃墟の敷地に足を踏み入れた。

外の崩れ方に比べると、内部はそれほど損傷していないようだった。

砂埃にまみれた廊下を進み、階段を上る。

廊下の突きあたりには昇降機があったが、当然、動いていない。

「屋上に出てみましょう。上から、なにか見つかるかも」

「……そうですね」

粉塵(ふんじん)を吸い込まぬよう口もとを覆いながら、砂埃にまみれた階段を上り続ける。

（故郷、か……）

前を歩くリーセリアの背中を眺めつつ、ふとそんなことを考える。

レオニスにとっての故郷。

それは無論、彼の生まれた〈ログナス王国〉ではない。

だが、故郷と呼べる〈死都(ネクロゾア)〉は陥落し、配下たちも死に絶えた。

レオニスにとって、故郷と呼べる存在、それは――

（俺にとっては、〈彼女〉こそが故郷と呼べる唯一のものなのだろう、な）

廃墟の階段を、四階まで上りきると、

「たあああああっ！」

リーセリアが〈吸血鬼の女王(ヴァンパイア・クイーン)〉の力で、シャッターを蹴り開けた。

「乱暴ですよ、セリアさん」

「う、ごめんね。むしゃくしゃしてて」

気まずそうに目を逸(そ)らすリーセリア。

「慣れないうちは脚を怪我(けが)しますから、気をつけてください」

シャッターに開いた大穴から、二人は外に出た。

屋上には、大きな浄水装置付きの貯水タンクと備蓄倉庫があった。

「ここからなら、あたりが一望できるわね――」

と、リーセリアが壊れた柵の前に立った。

風に吹かれる白銀の髪を押さえつつ、廃都の光景を見下ろす。

「あれが〈セントラル・ガーデン〉、わたしとレギーナの住んでいた場所よ」

と、大きなブリッジで繋(つな)がる、中央のエリアを指差した。

〈第〇七戦術都市(セヴンス・アサルト・ガーデン)〉では、ちょうど〈聖剣学院〉のある辺りだ。

彼女はその蒼氷(アイスブルー)の瞳を細めた。

「見える？」

おもむろに、リーセリアはレオニスの両脇を抱きかかえた。

「ちょ……！」

「あ、軽いわね、レオ君」

「セリアさん、お、降ろしてください！」

顔を真っ赤にしてあわててるレオニスだが――

その時。ふと、視界の先にあるものを発見した。

（……っ、あれは――）

「……レオ君、どうしたの？」

とん、とレオニスの身体を下ろして、訊ねるリーセリア。

「セリアさん、あの紋様に見覚えはありますか？」

「なに、かしら……」

レオニスの指差した先を見て――

リーセリアは首を横に振った。

「見たことも無いわ。なんだか、不気味な感じ……」

（……ふむ。不気味、か）

あのシンボルは、一〇〇〇年前の人類にとっては聖なる印とされていたが――

この時代の人間には、そう映るのだろう。

――〈星〉と〈燃える眼〉のシンボル。

一〇〇〇年前の世界で、人類の間に蔓延していた、〈神聖教団〉の印。

出発の前、レオニスが映像の中で発見したのと同じだった。

とすると、あのシンボルは、都市のいたるところにあるのだろうか。

（しかし、一体、何者が――）

――と、その時だ。

「……っ⁉」

背後に気配を感じて、レオニスは振り向いた。

ピシ――ピシッ――ピシピシッ――

虚空に、無数の亀裂が走った。

「……っ、〈ヴォイド〉！」

「レオ君、下がって！」

鋭く叫んで、リーセリアはレオニスを背中に庇(かば)った。

虚空の亀裂は加速度的に数を増し、周囲の空間が罅(ひび)だらけのガラスのようになる。

そして、広がった亀裂の隙間から、それは姿を現した。

……ル、ウウウウ、ウウウウウウウ……！

海を漂うような、不気味な足取りで二足歩行する人型の異形。

肌は透き通るように青白く、ぼうっと燐光(りんこう)を放っている。

地面まで垂れ下がった腕の先には、粘液を滴らせる鋭いかぎ爪がある。

（……外見は沼の怪物〈ヴォジャノーイ〉に近いが……いや――）

「聖剣起動(アクティベート)――〈誓約の血魔剣(ブラッディ・ソード)〉！」

リーセリアが右手を掲げて叫んだ。

光の粒子が収束し、彼女の手に〈聖剣〉が顕現する。

二人を取り囲むように現れた十数体の異形を、リーセリアは睨(にら)み据えた。

「数が多いですね」

「ええ。見たことがないタイプよ――」

〈聖剣〉を右手に構えつつ、頷く彼女。

ルオオオオオオオオオオオッ！

人型の異形どもが咆哮した。

小さな牙の並んだ口腔を大きく開け、爪を振りかざして飛びかかってくる。

レオニスは即座に〈封罪の魔杖〉を呼び出し、

「滅びに焦がれて啼け、紅蓮の焔よ――〈炎焦波〉！」

第三階梯呪文を唱えた。

ゴオオオオオオオオオオオオッ！

魔杖の尖端からほとばしる炎が、正面の〈ヴォイド〉三体を焼き尽くす。

炭化して燃え落ちる異形の残骸。

「――〈炎焦波〉、〈炎焦波〉、〈炎焦波〉！」

更に呪文を連打し、亀裂から這い出てこようとするものを始末する。

熱波が大気を炙る。燃えさかる炎の中に――

魔力を纏ったリーセリアが踏み込んだ。

「はあああああっ！」

赤く輝く〈聖剣〉で、激昂する〈ヴォイド〉二体を瞬時に斬り伏せる。

「レオ君、ひとまず離脱を――」

リーセリアが振り向いた、瞬間。

……ス……クリス……タリ……アアアアアッ……！

斬り伏せられた〈ヴォイド〉が、うめくような咆哮を上げた。

「……え？」

リーセリアが蒼氷の目を見開く。

「いま、なんて――！」

と、その時。

ピシッ、ピシピシピシピシピシピシッ――！

この廃墟をまるごと呑み込むような、巨大な亀裂が出現した。

「……セリアさん！」

レオニスは警告の声を発する。

この予兆は、〈ハイペリオン〉の寄港した埠頭で見た覚えがある。

（……っ、大型の奴が来る）

と、次の瞬間。亀裂が一気に広がり――

ドオオオオオオオオオオオオオオオンッ！

巨大な虚空の亀裂に呑み込まれるように、廃墟が崩壊した。

「……っ!?」

元々、建物の周囲全体が脆(もろ)くなっていたのだろう。

廃墟は一気に崩落し、周辺の建物ごと、地面に開いた大穴に呑み込まれてゆく。

底を見通せないほどの深い穴だ。

(……っ、なんだ、あの大穴は!?　地下は空洞になってるのか?)

そういえば、と落下しつつ、レオニスは思い出す。

〈六英雄〉のアラキール・デグラジオスを倒した時のことだ。

〈第〇七戦術都市(セヴンス・アサルト・ガーデン)〉の地下にも、積層状の地下空間を貫く巨大なシャフトがあった。

〈戦術都市〉は基本的には、同じ構造をしているのだろう。

十数体の〈ヴォイド〉はそのまま、シャフトの中に呑み込まれてゆく。

落下する瓦礫(がれき)の中に、レオニスはリーセリアの姿を発見した。

「――セリアさん!」

空中で手を伸ばし、彼女を重力の魔術で捕まえようとする。

だが、その刹那。落下する二人の間に、更なる亀裂が走り――

空間そのものが軋(きし)むような音をたてて、それが姿を現した。

レオニスをわしづかみにできるほどの巨大な腕だ。

その指先が、レオニスを握り潰そうと突き出される――!
(ちっ――!)
唱えかけの重力呪文を霧散させ、即座に新たな呪文を唱える。
「――〈爆裂咒弾〉っ!」
ズオオオオオオオオオオンッ!
目の前で発生する炸裂音。
衝撃波が空気を震わせ、レオニスの身体を吹き飛ばす。
「――〈重力球〉」
咄嗟に、続く呪文を唱えて体勢を維持、空中にとどまった。
「なんだ、貴様は……けほっ」
肺に入った砂埃にむせつつ、レオニスは問い訊ねる。
爆煙が晴れた、そこに――
虚空の亀裂を無理矢理に押し広げ、這い出てこようとするものがあった。
巨大な――崩落した建物よりも巨大な、人型の像だ。
磨き込まれた大理石のような表面に、雷光がほとばしっている。
首から上は存在せず、虹色の光輪が輝いていた。
(……超大型の〈ヴォイド〉、か)

レオニスは喉の奥で唸った。
初めて見るタイプだが、レオニスはその姿にあるものを想起した。
「……まさか、〈光の神々〉の使徒……〈天使〉種族？」
〈天使〉――神々の眷属にして、不死者の軍団の天敵。
その拳は山を砕き、聖なる光の槍は大地を灼熱の海へと変える。
「〈天使〉を模した〈ヴォイド〉、といったところか――」
レオニスは〈封罪の魔杖〉を構えた。
先ほどの人型〈ヴォイド〉の比ではない、凄まじい圧力を感じる。
（リーセリアは……）
と、真下の奈落に目を凝らすが、彼女の姿はすでにない。
〈吸血鬼の女王〉は魔力の翼を生み出すことができるはずだが――
魔力の扱いに関して未熟な彼女が、あの状況でそれができたとは思えない。
（……っ、俺としたことが――）
レオニスの胸中に激しい怒りがこみ上げてくる。
強靭な〈吸血鬼の女王〉の肉体であれば、落下の衝撃には耐えうるだろうが。
いや、それも希望的観測でしかない。底を見通せないほどの深い穴だ。
『――セリア、レオ君、なにがあったの――！』

と、エルフィーネの叫ぶ声が聞こえた。

〈天眼の宝珠（アイ・オヴ・ザ・ウイッチ）〉がレオニスの周囲を回転するように飛んでいる。

こちらの爆発音を聞いて、エルフィーネのほうで起動したのだろう。

「大型〈ヴォイド〉と交戦中です。セリアさんは——」

『レオ君——?』

リイイイイイイイイイイイイイイッ——!

——〈天使〉が耳障（みみざわ）りな不協和音を発した。

回転する光輪。その巨大な全身から、オーロラのような光が放射状に放たれる。

「……っ、〈力場障壁（ルア・メイレス）〉」

レオニスは咄嗟（とっさ）に障壁を展開、光の奔流を打ち消すが——

エルフィーネの〈宝珠〉はあっさりと呑（の）み込まれ、消滅した。

魔力障壁に阻まれ、真っ二つに分かれた光の帯が、はるか遠くのビルを両断する。

震える大気。轟（とどろ）く地響きの音。

その威力は、第四階梯（かいてい）の魔術と同等だ。

「……っ、面倒な……」

レオニスは舌打ちした。

〈天使〉は〈死の領域〉の魔術に高い耐性を持つ。

不死者(アンデッド)にとっては天敵とも言える存在だ。

本来の〈不死者の魔王(アンデッド・キング)〉であれば、取るに足らない雑魚(ざこ)ではあるが——

この身体(からだ)では、少々手こずりそうではあった。

レオニスは、廃墟(はいきょ)を呑み込んだ真下の大穴を見下ろした。

〈ヴォイド〉など無視して、眷属(けんぞく)の少女のもとへ向かいたいところだ。

だが、〈天使〉は光の翼を広げ、完全にレオニスを標的としている。

（……さっさと片付けるか）

レオニスは〈封罪の魔杖(まじょう)〉をくるりと回し、その尖端(せんたん)を突き付けた。

「——虚無に堕(お)ちた〈天使〉よ。貴様に、大魔術(ソーサリィ)の神髄をみせてやろう」

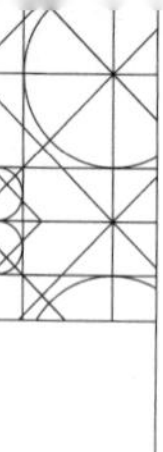

第五章　廃都の亡霊

　無窮の闇に閉ざされた巨大な縦穴(シャフト)の底で——

　リーセリアは目を開けた。

「……っ、う……！」

　起き上がろうとした途端、足に痺(しび)れるような激痛が走る。

　地面に叩(たた)き付けられた脚は、おかしな方向にねじ曲がっていた。

（……折れている、わね）

　と、妙に冷静な頭で、現状を認識する。

　無論、普通の人間の身体(からだ)であれば、原形をとどめることも出来なかっただろう。

　だが、あいにく、彼女は不死者(アンデッド)の身体だ。

　……どのくらい落下したのだろう？

　わずかに首を動かし、あたりを見回すが、闇を見通す〈吸血鬼(ヴァンパイア)〉の眼(め)でも、周囲の様子はぼんやりとしか把握できない。

　静寂に満ちた、広大な空間。おそらく、廃棄された地下シェルターだろう。金属製の防護壁は、巨大化した植物の根に食い破られ、機能している様子はない。

ここにはわずかな明かりもない。

それに、レオニスと〈ヴォイド〉の戦闘の音も。

地面に手を突き、上半身のみを起こそうとした、その時だ。

「……なっ!?」

真紅に輝くリーセリアの眼は、闇の向こうに何かが蠢くのを見た。

◆

「竜の鱗を斬り裂く氷魔の刃――〈氷烈連斬〉！」

〈封罪の魔杖〉で魔力を増幅し、レオニスは呪文を唱える。

氷属性の第八階梯魔術。虚空に生まれた無数の氷の刃が降りそそぐ。

が、その刹那。天使型の〈ヴォイド〉は奇妙な声を発した。

光の盾が出現し、吹き荒れる氷の刃を弾く。

〈……ほう、〈聖光の盾〉の能力は顕在か〉

〈聖光の盾〉は高位天使の持つ権能だ。

第八階梯以下の魔術による攻撃を無効化してしまう。

これを突破するのは容易なことではない。神々の使徒たる〈天使〉が、強大なドラゴンに匹敵すると云われる所以だ。

レオニスは〈重力制御〉を解き、大穴の縁に着地した。重力制御は精妙な魔力のコントロールを要求するため、このまま戦闘するには適していない。

空中の〈ヴォイド〉がまた、奇妙な声を発した。

すると、その手に輝く光の剣が現れる。

第六階梯〈神聖魔術〉――〈執行者の剣〉。

かつて、〈魔王軍〉を苦しめた爆雷攻撃だ。

「……ちっ！」

投げ放たれた光の剣を、レオニスは魔力を込めた〈封罪の魔杖〉で受け止める。

ズンッ、ズズズズズオンッ！

光の刃は飛散し、周囲の廃墟をまとめて倒壊させた。

大量の土煙が舞い上がり、レオニスの姿を覆い隠す。

〈ヴォイド〉は再び〈神聖魔術〉を唱え、再びその手に光の剣を生み出した。

二本、三本、四本……頭上に浮かぶ、六本の光の剣。

それが、一斉に解き放たれる――！

ドウッ、ドウドウドウッ、ドウウウウウウウウンッ！

轟音が鳴り響き、大気が激しく震動する。

〈ヴォイド〉がその歪(いびつ)な翼をはためかせ、たちこめる土煙を吹き散らした。

が、そこにレオニスの姿はなく——

「——上だ、愚か者」

〈ヴォイド〉の頭上に、翼を広げた巨大な影が射(さ)した。

真上を跳ぶのは、〈ヴォイド〉とほぼ同じ大きさの骨のドラゴンだ。

その背に片膝をついて騎乗するレオニスは、嘲笑するように下を見下ろした。

「——〈天使〉如きが、〈魔王〉を見下ろすとは不遜だぞ」

レオニスは〈封罪の魔杖〉を突き付け、呪文を唱えた。

「圧壊せよ——〈重壊呪弾(ベルダ・ギラ)〉！」

ズンッ——凝縮した重力弾が、〈ヴォイド〉を地面に叩(たた)き付けた。

〈ヴォイド〉の巨体が地面にめり込み、巨大なクレーターを形成する。

「——〈爆裂呪弾(ファルガ)〉、〈爆裂呪弾(ファルガ)〉、〈爆裂呪弾(ファルガ)〉、！」

即座に第三階梯の破壊魔術を連打。連続する爆音。

〈聖光の盾(ホーリー・プロテクション)〉を発動する間を与えない。

〈ヴォイド〉が光の翼を広げ、飛翔(ひしょう)した。

まっすぐに、空中の〈スカルドラゴン〉目がけて突進してくる。

「ほう、さすがに頑丈だな——！」

〈スカルドラゴン〉の眼窩が真紅に輝く。

グオオオオオオオッ――

骨の竜は地の底から響くような不気味な咆哮を上げると、その巨大な顎で〈ヴォイド〉の腕に牙を突き立てる。そして――

スカルドラゴンが〈死のブレス〉を放った。

大地を腐らせ、魂を穢し尽くす、屍竜の吐息だ。

幾多の戦場で、敵の軍団を壊滅させた、絶死の攻撃。

〈ヴォイド〉の片腕がボロボロと崩れ、地面に落下する。

もう片方の腕で、騎乗するレオニスに〈聖光の剣〉を放とうとするが――

「――遅い、な」

レオニスはすでに呪文を唱え終えている。

「第九階梯魔術――〈焦熱炎獄砲〉!」

ゴオオオオオオオオオオオオオオオッ!

ミスリルさえも溶かす熱閃が、〈ヴォイド〉の巨体に大穴を空けた。

「もう一つ、おまけだ――〈神滅黒雷砲〉」

更に連続して、第九階梯魔術を詠唱。

闇の雷撃が降りそそぎ――

天使型〈ヴォイド〉は、光の粒子となって完全に消滅した。

「……雑魚には大盤振る舞いだったか」

吐き捨てるように呟くと、レオニスは大穴に目を落とす。

そして、骨のドラゴンにまたがったまま、降下した。

◆

真っ暗な闇の中を、レオニスの灯した光球がぼんやりと照らす。

数百メルトほど降下したところで――

ようやくシャフトの最下層に到着した。

〈スカルドラゴン〉を影の中に沈め、瓦礫の上に下り立つ。

杖の尖端に小さな炎を灯し、あたりを照らし出した。

広大な円形の空間だ。側面には、貨物の運搬用と思われるトンネルがあった。

リーセリアの姿はどこにも見あたらない。

レオニスは訝しげに眉をひそめ、上を見上げた。

(落下中に、どこかに引っかかった？　いや――)

それなら、降りてくる途中で気付くはずだ。

ふと、足もとを見ると——
瓦礫の上に、点々と血の跡を発見した。
「……！」
思わず、息を呑む。
血の跡は新しい。リーセリアのものだろう。
杖の明かりを強めると、血の跡はトンネル奥へと伸びていた。
レオニスの胸中に、言いしれぬ不安がよぎる。
〈吸血鬼〉には、魔力による高い再生能力がある。
その場でおとなしくしていれば、傷は自然に治癒するはずなのだ。
無理をして、ここを移動する理由が無い。
考えられるのは、何かから逃げた。あるいは——
（……何者かに、連れ去られた？）
レオニスは駆け出した。
血の跡を追い、躊躇せずトンネルの中へ入る。
翳した炎の明かりが、トンネルの奥を照らし出した。
「……リアさん！　セリアさん！」
暗闇の中、叫ぶ声が反響する。

と──

「……レ、オ……君──ここよ」

微(かす)かな声で、返事が返ってきた。

「……っ、セリアさん、どこですか⁉」

レオニスは声のしたほうへ明かりを向ける。

トンネルの側面に設けられたその空間は、巨大な保管倉庫のようだった。

コンクリートの壁に囲まれた、部屋の奥。

地面に座り込んだ、リーセリアの姿があった。

「セリアさ──」

と、足を踏み出しかけて、立ち止まる。

レオニスが止まったのは、そこに別の存在がいたからだ。

リーセリアを取り囲む、蠢く骸骨の群れが。

「……〈ヴォイド〉?」

レオニスは鋭い声を発し、〈封罪の魔杖(まじょう)〉をすっと構えた。

「待って、レオ君──!」

リーセリアがあわてた声で叫んだ。

「違うの、この人たちは──」

「……え？」

レオニスは魔杖を構えたまま、眉を顰めて訊き返す。

と、虚ろな眼窩に青い光を灯した骸骨の群れが、一斉にレオニスのほうを向いた。

そして――

〈……我等は、この廃都の……亡霊、です……〉

殷々と響く声で、そう言葉を発した。

◆

「……はぁ、はぁ……はぁ……」

「エルフィーネ先輩、大丈夫です？」

と、レギーナが振り向いて声をかけてくる。

学院の基礎過程でみっちり体力訓練を受けている咲耶とレギーナに比べ、上級生で情報科学専攻のエルフィーネは、走るのが苦手だ。

「……え、ええ……大丈夫よ……」

大きく胸を上下させつつ、必死に走る。

廃都の道は多くが崩れており、完全に崩落している場所もあった。

道に迷うことはないが、最短距離ではなく、大きく迂回せざるを得なかった。

やがて、三人は戦闘の行われていた場所に到着した。

だが、エルフィーネたちは、その場に立ち尽くし、言葉を失う。

「なにが、あったんです?」

遠目に見えた超大型〈ヴォイド〉の姿はすでになく――

周囲の建物は倒壊し、地面には、巨大なクレーターの痕が無数に穿たれていた。

そして、剥き出しになった地下施設へのシャフトが、奈落の口をあけている。

エルフィーネは無言で首を横に振った。

あたりには舞い上がった土埃がたちこめ、視界が悪い。

〈ヴォイド〉だけでなく、リーセリアとレオニスの姿も見あたらなかった。

「〈ヴォイド〉は消滅したようだ。奴等の気配がしない」

咲耶が言った。

「セリアお嬢様と少年が倒したんですか?」

「……どうかしら、ね」

リーセリアたちに同行させたエルフィーネの〈宝珠〉は、戦闘の余波で破壊されてしまったようだ。破壊される前の映像データは、〈宝珠〉どうしのネットワークに保存されているので、取り出すことはできるだろうが、時間がかかる。

・

「お嬢様！　少年！　どこです！」

それから、ぽっかりと口をあけた巨大なシャフトの縁に屈み込んだ。

「レギーナ、危ないわ」

あわてて駆け寄るエルフィーネ。

レギーナは真っ暗なシャフトを見下ろして、震える声で言った。

「まさか、二人ともこの下に？」

「……」

エルフィーネは息を呑む。

もし、この穴に落ちたのだとすれば、生存は絶望的だ。

「――僕が降りて、探してくる」

と、咲耶が〈雷切丸〉を手にシャフトに飛び込もうとする。

「咲耶、無茶よ――」

「大丈夫。こう、脚に電磁力を纏わせて、壁を走れば――」

「そんなことができるの？」

「ああ、理論上は可能なはず――」

「「だめ――――っ！」」

いまにも飛び下りようとする咲耶を、エルフィーネとレギーナが全力で止めた。
「落ち着いて。いま〈宝珠〉に探索させるから――」
エルフィーネの手に、ぼうっと光の球が生み出される。
――と、その時。
「――先輩！」
咲耶が、エルフィーネを突き飛ばした。
刹那。眼前を、刃の銀閃が薙ぐ。
ヂイイイイイイイイイイイイイイイッ――！
金属の擦れ合う音。交わる刃が、激しい火花を散らした。
（……なに!?）
地面に倒れつつ、エルフィーネは舞い上がる土煙の向こうに目をこらす。
一人の少女が、〈雷切丸〉を握った咲耶と剣の刃を交えていた。
そう、少女だ。十二、三歳くらいにも見える、小柄な少女。
揺れる新緑色のポニーテールの髪。
異国風の服に、動きやすそうなハーフパンツ。
その白い細腕には似つかわしくない、大きな両刃の剣を構えている。
「……貴殿、何者だ？」

刃を交えたまま、咲耶が誰何する。と——

「……っ、化け物が、言葉を喋った!?」

少女は目を見開き、少なからず動揺したようだ。

「化け物とは、人聞きが悪いね——」

その隙を逃さず、咲耶が踏み込む。

青い雷を纏う〈雷切丸〉の刃が、少女の眉間をかすめた。

前髪がはらりと舞う。

（咲耶の剣に反応した!?）

だが、〈聖剣〉の本領は雷撃ではない。

全身に紫電を纏い、咲耶は更に加速する。

神速の刃が、少女の首筋に振り下ろされる。

「……」

咲耶が、刃を寸止めしたまま、固まった。

だが、少女の剣もまた、咲耶の喉元に突き付けられた状態だ。

少女の青い瞳が、咲耶をまっすぐに見据えて——

「——やめよう」

と、先に刀を収めたのは、咲耶だった。

「な……！」

「強いな。君が万全の状態だったら、僕が負けていただろう」

「……くっ――」

少女は唇を噛みしめ、下腹を押さえた。

ぽたり、と大きく開いた傷口から、血が地面に滴り落ちる。

そして――

「お前たちは、何者、だ……？」

うめくように呟いて、彼女は地面に倒れるのだった。

◆

レオニスの灯した光球の下で――

歪な骸骨の群れが、壊れかけの玩具のように蠢き、不気味な影を形作る。

〈……我々、は……〈クリスタリア騎士団〉の騎士、でした……〉

と、片腕のない骸骨が、軋むような声を発した。

「……クリスタリア騎士団？」

と、レオニスは床に座り込んだままのリーセリアに訊ねる。

彼女の右足には、清潔な布の包帯が巻かれていた。

脚を負傷した彼女を、この骸骨たちが運び込んで手当てしたようだ。

「クリスタリア公爵家に仕える騎士団よ」

頷(うなず)いて、リーセリアは言った。

「父様と一緒に、この都市を守って戦ってくれた――」

〈……我々は、六年前の〈大狂騒(スタンピード)〉で……〈ヴォイド〉と戦い、命を落としました〉

骸骨の声が、暗闇の中に殷々(いんいん)と木霊(こだま)する。

（……なるほど。彷徨える死者(ワンダリング・アンデッド)、というわけか）

〈不死者の魔王(アンデッド・キング)〉であるレオニスには、その正体がすぐに分かった。

大規模な戦いの起きた場所で、強い未練を残した魂が、現世を彷徨う。

……よくある現象ではある。

レオニスが魔王であった時代、激しい戦争の繰り返された中原では、〈死の領域〉の魔術を使うまでもなく、強大なアンデッドが度々自然発生していた。

（この時代の人間は、〈不死者(アンデッド)〉の存在を知らぬようだが……）

そのような不浄の土地の魔力は、すでに失われているのだろう。アンデッドが跋扈(ばっこ)するような現象は、確認されていないようだ。

（しかし、この廃都は違う――）

〈ヴォイド〉による大規模な虐殺が行われ、長年の間、瘴気の満ちた場所にあった。

溜まった負の魔力が、彷徨える魂を捕らえる坩堝となったとしても不思議はない。

〈吸血鬼の女王〉は、全てのアンデッドを統べる女王だ。この彷徨える〈不死者〉たちは、リーセリアの死の気配に惹かれ、集ってきたのだろう。

レオニスは〈封罪の魔杖〉を地面に起き、その場で居ずまいを正した。

この亡者たちはみな、故国を守る為に戦った、戦士たちの魂だ。傲岸不遜で知られたレオニスだが、そのような戦士に対しては、敬意を払うのが〈魔王〉の流儀だった。

〈我々を……恐れ……ない、の……ですか……?〉

「幽霊は怖いけど、骨は慣れているわ」

リーセリアが手を伸ばし、骸骨の手を取った。

〈……おお……我等が主君……リーセリア……様……〉

騎士の魂を宿した骸骨たちは、感激したように跪く。

……たしかに、学院での訓練相手はレオニスのスケルトン兵なので、いまさら骨に憑依した魂を見たところで驚きはないのだろう。

その骨張った（?）手を取りつつ、リーセリアは骸骨の真っ暗な眼窩を見つめた。

「ひょっとして、〈聖剣学院〉に救難信号を出したのは、あなたたち?」

〈……そう、です……無事に届いた、のですね……〉

レオニスとリーセリアは顔を見合わせる。

まさか、あの謎の救難信号が、死者の発したものだったとは。しかし——

「どうして、救難信号を？」

と、レオニスは聞く。

すでに死せる者が、なぜ救いを求めるのか——？

（囚(とら)われた魂の解放を望んでいるのなら、まあ、叶えてやれぬこともないが）

それは、〈死〉を司(つかさど)るレオニスだからできることだ。

その目的のために、〈聖剣学院〉に救難信号を出したわけではないだろう。

〈……救いを、求めたのでは……ありませ、ん……〉

と、骸骨は首を横に振り、否定した。

〈……我々……は、警告したかった、のです……〉

「警告？」

〈……そう、警告……です。このままでは……再び、六年前の悲劇、が……〉

と、その声が暗闇の中に反響した。

〈……〈大狂騒(スタンピード)〉が、〈第〇七戦術都市(セヴンス・アサルト・ガーデン)〉を……呑(の)み込む、でしょう……〉

彷徨う魂の口にした、衝撃的な言葉に——

「……なっ⁉」

リーセリアは絶句した。

「……どういうこと？　だって、六年前の〈ヴォイド・ロード〉は――」

どこかへ消えたはずじゃ――と、消え入るような声で呟く。

〈六年前の〈ヴォイド・ロード〉では……ありま、せん〉

〈あの時の統率体より、はるかに強大な――〉

〈新たな〈ヴォイド・ロード〉が、この廃都に現れたのです――〉

「なん……ですって？」

◆

それが突如として、この廃都に出現したのは、四十二日前のことらしい。

美しい女の姿をした一体の〈ヴォイド〉は、都市の中心部――〈セントラル・ガーデン〉の地下深くにある大型〈魔力炉〉と融合したのだという。

「〈魔力炉〉と融合……？」

訊き返すリーセリア。

（……どこかで聞いたような話だな）

と、レオニスは胸中で苦々しく呟く。

――〈第〇七戦術都市（セヴンス・アサルト・ガーデン）〉を襲った〈大狂騒（スタンピード）〉。

異形の〈ヴォイド〉へと変質した〈六英雄〉の大賢者、アラキール・デグラジオスは、都市の地下にある〈魔力炉〉と融合しようとしていた。

それに――

（……四十二日前、か）

それは、ちょうど〈死都（ネクロゾア）〉の地下霊廟（れいびょう）で、レオニスの封印が解かれた頃だ。

なにか嫌な符合のようなものを感じる。

レオニスがそんな思考している間も、彷徨（さまよ）える魂は話を続ける。

〈そし、て……廃都の中枢と、融合、を……果たした〈ヴォイド・ロード〉は、その眷属（けんぞく）……たる、虚無の下僕……〈ヴォイド〉を生みだし……たのです……〉

「ええ、地上で見たわ。虚空の裂け目から現れた、人型の〈ヴォイド〉――」

「僕は天使のような姿をした、大型の〈ヴォイド〉を滅ぼしました」

と、レオニスが言い添える。

〈……大型の〈ヴォイド〉は、虚空より召喚された……もの、しかし、あの人型の……〈ヴォイド〉は、普通の……〈ヴォイド〉では、ありませ、せん……〉

「……どういうこと？」

〈……あれ……は、我々のよう、な……彷徨える戦士の魂、が……〈ヴォイド・ロード〉

の力によって……虚無へ堕ちた姿、なの、です……〉

「……っ、なんですって!?」

リーセリアが目を見開く。

「まさか、あの人型の〈ヴォイド〉が……この都市の――」

レオニスもほう、と小さく声を発した。

「死者の魂が〈ヴォイド〉に……そんなことがあるんですか?」

「そんな……そんなの、聞いたことがないわ」

リーセリアが動揺した様子で首を振る。

〈……声が、聞こえるのです……〉

「……声?」

彷徨える魂に、リーセリアは訊き返した。

すると、亡霊たちは口々に苦悶の声を口にしはじめる。

〈左様……我等の魂、を……剝ぎ取るような、声が……〉

〈虚無に堕ちよと……命令する、あの恐ろしい、女の声――〉

〈……抗う、ことは……できない……〉

〈……〈魔力炉〉の中心近くにいた、魂は囚われ、虚無に堕ちた……〉

〈我等もいずれは……あのおぞましい、〈ヴォイド〉の軍勢に、加わる……〉

〈……英雄……たる〈聖女〉の下に集い、永劫に戦え……と……〉

「――〈聖女〉？」

亡霊の発したその言葉に、レオニスは反応した。

「レオ君？」

「すみません、その〈聖女〉というのは、〈ヴォイド・ロード〉のことですか？」

レオニスは思わず、身を乗り出して尋ねた。

――その称号に、心当たりがあった。

偶然でないとすれば、その称号を持つ者は――

〈……そう……〈聖女〉……ティア……レス……〉

〈……ティアレス・ヴォイド・ロード……それが、虚無の王の名……〉

「……っ！」

……やはりそうか、とレオニスは胸中で唸った。

〈聖女〉ティアレス――ティアレス・リザレクティア。

〈神聖教団〉の祭り上げた奇跡の姫巫女。

〈魔王軍〉と戦った、レオニスに宿敵たる〈六英雄〉の一人。

〈……ティアレスが復活し、〈ヴォイド・ロード〉となったというのか〉

〈六英雄〉の〈聖女〉が、神々より授かった権能は、〈復活〉の力。

虚無に堕（お）ちてなお、その権能が残されているのだとすれば——

（あるいは、彷徨（さまよ）える亡霊を〈ヴォイド〉として復活させることもできるやもしれぬ）

レオニスは顎に手をあて、思考する。

〈大賢者〉アラキール・デグラジオスに続き、〈六英雄〉がまたこの時代に復活した。

まるで、〈女神〉ロゼリアの転生に呼応するかのように。

そして、かつての英雄たちは、人類に仇（あだ）なす〈ヴォイド・ロード〉となった。

（……っ、一体、なにがどうなっている？）

混乱するレオニス。と——

「では、その〈ヴォイド・ロード〉は、〈第〇七戦術都市（セヴンス・アサルト・ガーデン）〉で、〈大狂騒（スタンピード）〉を引き起こそうとしているのね」

緊迫したリーセリアの声が、レオニスの意識を引き戻す。

〈……そう、です……人類を滅ぼし、虚無に還せ……と……〉

「どうして、〈第〇七戦術都市〉を？」

〈それは……わかりま、せぬ……声は、ただ……命令をする、のみ……〉

リーセリアと会話していた骸骨の腕が、ぼろっと崩れ落ちた。

「……!?」

〈……どうや、ら……ここまで、の……よう、です、な……〉

眼窩(がんか)に灯(とも)る蒼い灯が、だんだんと小さくなる。
骸骨に憑依(ひょうい)した魂が剥離(はくり)しつつあるのだ。
〈……人類の……同胞、に……危機を……伝えることが、できた……〉
〈……どうか……この報を持ち帰り……退避して、ください……〉
〈あの〈ヴォイド・ロード〉が……目覚めぬ、うちに――〉
〈六年前の……悲劇を、繰り返して、は、なりま、せぬ……〉
暗闇の中に、殷々(いんいん)と声を響かせながら、骸骨の群れは次々と崩壊する。
「待って――」
〈……リーセリア様……ご立派に、なられ、た……〉
リーセリアの手を取った骸骨は、最後にそう言い残し――
乾いた音をたてて、地面に崩れ落ちた。

第六章　エルフの勇者

「……大丈夫です？　痛みますか？」

「う……」

　レギーナが声をかけると、地面に横たわった可憐な少女は顔をしかめた。

「簡単な手当はしましたけど、まだ動いちゃだめですよ」

「手慣れているわね。治癒師なの？」

「メイドです」

「なぜメイドがこんなところに……」

　少女は包帯を巻いた脇腹を見下ろしつつ、不思議そうな顔をした。

「それにしても、この怪我で咲耶と互角に剣を交えるなんて、驚きね」

　と、エルフィーネ。

　その少女の外見は、レギーナたちよりも少し年下に見える。

　年齢は十三、四歳くらいだろうか。

　頭のうしろでくくった新緑色のしっぽ髪に、切れ長の眼。

　特徴的なのは、ナイフのように尖った耳だろう。これはエルフ種族の特徴だ。

「――で、さっきはどうして、いきなり斬りかかってきたんです？」

医療キットを鞄にしまいつつ、レギーナは尋ねる。

「あの化け物共の、仲間だと思ったから」

少女は少しふてくされたように視線を逸らした。

「化け物って、〈ヴォイド〉のことです？」

「……」

少女はこくっと頷く。

「人間の姿に似た〈ヴォイド〉も、いるにはいるけれど――」

たしかに、エルフィーネが人差し指をおとがいにあてる。

エルフィーネが人差し指をおとがいにあてる。

たしかに、〈マーマン型〉、〈ブレインイーター型〉の〈ヴォイド〉などは、人間に近いシルエットをしているが、その外見は人間とはまるで異なるはずだ。

「――人間そっくりの〈ヴォイド〉もいるよ。ボクは見たことがある」

と、周辺の警戒探索より戻ってきた咲耶が言った。

「完全な人間型？　そんな〈ヴォイド〉は、確認されていないはずだけど」

「そうだろうね」

眉をひそめるエルフィーネにそう答えて、咲耶は身を屈めた。

「その傷、〈ヴォイド〉と戦って負傷したのか？」

「……ええ、油断して不覚をとったわ」

エルフの少女は悔しそうに唇を噛む。

「──君の、名前は？」

「……」

少女は、少し迷うような仕草をした後で、

「……アルーレ、よ。アルーレ・キルレシオ」

「アルーレか。いい名だな」

咲耶が微笑むと、少女はふいっと目を逸らした。

エルフィーネは素早く〈天眼〉を起動。

発光する宝珠の表面を、無数の文字列が流れる。

「エルフ種族のアルーレ。〈第〇三戦術都市〉のデータベースには存在しないわね」

「学院に救難信号を出したのは、あなたたなんですか？」

「なんのこと？」

訊ねるレギーナに、アルーレは首を横に振り、

「あなたたちこそ、何者？　こんな場所で、なにをしているの？」

問いを返してくる。

「私たちは〈第〇七戦術都市〉所属の調査隊よ。この廃都の異変を調査しに来たの」

エルフィーネは、この都市に赴いた事情を手短に話して聞かせた。

この都市が六年前に滅びたこと。〈虚無領域〉で沈黙していたはずの都市が、突然再起動し、自分たちの住む〈第〇七戦術都市〉へ移動をはじめたことを。

話を聞いたアルーレは――

「〈戦術都市〉……そう、人類はまだ生存圏を維持しているのね」

と、独り言のように呟く。

「こちらの事情は話したわ。それで、あなたはどうしてここに？」

「……」

エルフィーネが訊ねると、彼女は手にした剣を強く握りしめた。

「あたしは、〈女神〉を討つためにここに来た」

「……女神？」

エルフィーネはレギーナと顔を見合わせた。

その反応を見て、

「……やっぱり、伝承は途絶えているのね。一〇〇〇年も経てば仕方ないか」

アルーレは少し落胆したように呟く。

「あなたたちに話す義務はないわ。その、応急処置をしてくれたことには、一応、感謝するけど。もう、放っておいて」

「悪いけど、そういうわけにはいかないの」

　エルフィーネは首を横に振った。

「この廃都の唯一の生存者かもしれないあなたを、置き去りにはできないわ。それに、〈聖剣士〉の調査団には、棄民を保護する義務があるの」

「……」

「悪いようにはしないよ。一緒に来てくれるかい？」

　咲耶がが懐からなにかを取り出し、アルーレに手渡した。

「……なにこれ？」

「モナカという、ボクの好きなお菓子だ」

「お、お菓子……って、子供扱いしないで！」

　小さな犬歯を剥き出して怒るアルーレ。――と、その時。

　くぅ、とお腹の鳴る可愛い音がした。

「……」

「……っ、か、勝手にしなさい！」

　アルーレはますます顔を赤くして、ふいっと顔をそむけた。

◆

（……っ、なぜあの女がこんな場所に？）

廃墟の影に潜んでいたシャーリは、思わず、ドーナツを食べる手をとめた。

剣嵐の妖精――アルーレ・キルレシオ。

〈精霊の森〉の王女にして、六英雄の〈剣神〉シャダルクの最後の弟子。〈魔王軍〉の将軍クラスを何人も暗殺し、戦場にあっては一騎当千の働きをした手練れの剣士だ。

〈死都〉の〈デス・ホールド〉にも三度侵入し、レオニスの首を狙ったこともある。

（〈骸骨砦〉攻防戦の際に、行方不明になったと聞きましたが――）

シャーリは、淡い黄昏色の眼をわずかに細めた。

〈魔王軍〉に仇なしたあの剣士が、なぜこの時代にいるのか。

エルフ族は長寿で知られるが、不老不死というわけではない。その寿命はせいぜい、三〇〇年ほど。一〇〇〇年もの時を生きることなど不可能だ。

（……まさか、魔王様と同じように転生を？）

否、転生の儀式は、女神ロゼリアの力を借りた、〈第十三階梯〉の魔術。

エルフの長老でさえ、使うことはできまい。

（なんにせよ、慎重に調査する必要がありますね）

彼女は手負いのようだが、軽挙は慎むようにと主に釘を刺されている。

シャーリはドーナッツをのみ込むと、影の中に身を潜めた。

◆

レオニスの灯した魔力の明かりが、広大な倉庫の中を淡く照らす。

リーセリアの自然治癒を待つあいだ、レオニスは倉庫の中を調べて回った。

「食べ物がありましたよ、セリアさん」

と、レオニスは見つけてきた箱いっぱいの保存食を抱え、リーセリアの前に置く。

保存期間の表示を見ると、まだ食べられるようだ。

（……十年以上も保存できるとは、一体どういう技術なんだ？）

と、半信半疑のレオニスである。

〈時間固定〉の魔術を使えばそれも可能だろうが、それは人間には到達することのできない、第八階梯に属する魔術だ。

「ええと、食べ方は……」

パウチの袋を取り出して、説明文を読みはじめる。

「レオ君、わたしが作ろうか？」

「子供扱いはやめてください。これくらい、一人で作れますよ」

「そ、そう？　じゃあ、レオ君に任せるわね」

リーセリアはちょっと嬉しそうに微笑んだ。

（説明によると……ふむ、火で加熱すればよいのだな）

レオニスは指先に炎を生みだし、袋を炙ろうとする。

「……っ、レ、レオ君！　お鍋、お鍋に水をはって！」

「な、鍋ですか？」

「そう、お湯にするの」

「わかりました」

レオニスは〈影の王国〉の宝物庫から、金属製の器を召喚した。

どこかの王国で略奪した聖杯だか国宝だったかと思うが、まあ、これでいいだろう。

保管されていた水を注ぎ入れ、レトルトのパックを中に放り込む。

「これで大丈夫……ですよね？」

「うん、ちゃんとできたわね。偉い偉い」

リーセリアがレオニスの頭を優しく撫でる。

ふとレオニスは、彼女の顔が赤くなっているのに気付いた。

（……なんだ？）

こころなしか、呼吸も少し荒くなっているようだ。

「セリアさんは、しっかり休んでいてください」

「う、うん……」

ぽーっとした声で、頷くリーセリア。

お湯が煮立つのを待つ、その間に──

（それにしても、〈六英雄〉の〈聖女〉、か──）

レオニスは地面に座り込み、亡霊たちの話を頭の中で整理する。

（〈大賢者〉アラキールに続き、奴までもがこの世界に甦るとは、な……）

〈聖女〉──ティアレス・リザレクティア。宿敵たる〈六英雄〉の一人ではあるが、実のところ、魔王時代のレオニスと直接戦ったことはない。

彼女の授かった権能は、癒しと復活の奇跡。

死を司る王であるレオニスとは、正反対の力だ。

神々の軍勢に力を与え、戦場に散ったはずの人間の英雄を何度も甦らせる、それが〈六英雄〉の中での〈聖女〉の役割であった。

（……ともあれ、ひとつ謎は解けたな）

聖女ティアレスは、〈神聖教団〉の象徴的な存在だ。レオニスの発見した、あの教団のシンボルは、彼女の生み出した〈ヴォイド〉の描いたものに違いない。

（……〈聖女〉ティアレスもまた、〈大賢者〉アラキール・デグラジオスと同じく、虚無

に呑まれ、〈ヴォイド・ロード〉となった）

なぜ今となって、遙か太古の〈六英雄〉が動き出したのか――？

（ロゼリアは、そんなことは予言していなかったはずだが……）

世界を侵略する謎の勢力、〈ヴォイド〉。

異常に発達した魔導科学文明と、人類に授けられた異能の力である〈聖剣〉。

なにか、彼女の予言を超えた、イレギュラーな事態が起きているのは間違いない。

「レオ、君……」

「……!?」

ふと気付くと――

リーセリアの顔が、すぐそばにあった。

「セ、セリアさん？」

思わずドキッとして、息を呑む。

彼女の顔は火照ったように赤く色づいている。

微かな吐息を零す唇。潤んだ紅い瞳が、レオニスを熱っぽく見つめてくる。

「あ、あの……ごめんね、レオ君……」

「……？」

「……レオ君の血、欲しい、の……」

ねだるように言葉を囁く、可憐な桜色の唇。

こくり、と彼女はもの欲しそうに喉を鳴らした。

（ああ、そうか……）

怪我の治癒に魔力を消耗したため、吸血衝動に駆られているのだ。

「……わ、わかりました」

と、レオニスが制服の腕を捲ろうとすると、

「……っ!?」

彼女はレオニスの肩を強く掴み、

「……んっ……は、ぁ……んっ……」

レオニスの首筋に、生えたばかりの小さな牙を突き立てた。

「……セ、セリア、さん……待って、ください……」

「……んっ……ちゅっ……んんっ……」

いつもは渇望状態にあってもレオニスの言葉を素直に聞く彼女が、まるで熱に浮かされたように、血を求めてくる。

「……っ、ふぇお、くん……ごめん、ね……」

そのまま、レオニスの制服を引き千切るように乱暴に脱がすと、床に押し倒した。

彼女を眷属にして以来、こんな風になったのは初めてだった。もしかすると、滅びた故

郷をまのあたりにしたことで、感情が不安定になっているのかもしれない。

ちゅっ。かぷっ。かぷっ。

美しい白銀の髪が頬に落ちかかる。

「……っ……うっ……！」

レオニスは小さく呻き声を発した。

本来、吸血行為は甘い疼痛を伴うものだ。

しかし、今はレオニスは首筋にするどい痛みを感じる。

それほどに、吸血行為に夢中なのだろう。

ちゅぱっ。ちゅっ。ちゅっ。ちゅぱっちゅぱっ。

炎の揺らめく闇の中に、艶めかしい水音が何度も響く。

「……セリア、さん……」

ふよんっ。彼女の柔らかく豊かな胸が身体に押しつけられる。

レオニスは思わず、指先に力を込め、リーセリアの背中をぎゅっと握った。

「……あ……ふぇお……くん……んっ、あむっ♪」

スカートが乱れるのも気にせずに、首筋を噛むリーセリア。

制服のブラウスもはだけ、清楚な白い下着がほんの少しだけ露わになる。

「……～っ、こ、これ以上は……ほんとうに、だ、め……です……」

レオニスの指先から力が抜けていく。

彼女の理性は、完全に吸血衝動に呑まれてしまっているようだ。

（……ま、まずい……）

いまのレオニスは十歳の少年の肉体だ。

このままでは、血を吸い尽くされてしまう。

（……っ、しかたない、魔術で眠らせるしか）

と、地面に転がる〈封罪の魔杖〉に手を伸ばした、その時。

「……んっ……ふぇおくん……あむっ……ちゅっ……ん……♪」

『――リア……セリア……！』

「もう、少し……だけ……んっ……」

『えーっと……セリア、聞こえてる？』

「……ぁ……んっ……………………………ふあああっ⁉」

頭上で響く、その声に――

リーセリアはハッとあわてて我に返った。

「フィ、フィーネ先輩⁉」

ふと視線を上げると――

エルフィーネの〈天眼の宝珠〉が、頭上に浮かんでいた。

◆

「……ご、ご心配を、おかけしましたっ、フィーネ先輩っ！」

乱れた制服と髪をあわてて整えつつ、リーセリアは光の宝珠の前に正座した。

『……なんだか、声が上擦っているけど、大丈夫？』

「だ、だ、大丈夫です、気のせいですっ！」

顔を真っ赤にして、彼女はぶんぶん首を振る。

『そ、そう……』

幸い、先ほどの場面は誤魔化せたようだ。

正座するリーセリアの後ろでは、レオニスがぐったりと倒れていた。

（……～っ、我ながら、眷属に甘い、な……）

二人の会話を聞くともなしに聞きながら、レオニスはうめく。

〈不死者の魔王〉であった頃は、あのような狼藉を許したことはない。

眷属に血を吸われすぎて死んだ魔王など、後世にまで語り継がれる恥だろう。

『――〈ヴォイド〉と交戦したようだけど、無事なの？』

「は、はい、少し負傷しましたけど、作戦行動に支障はありません」

『あの高さから落ちて、よく無事だったわね』

「それは、えっと、レオ君の〈聖剣〉の力で――」

リーセリアはしどろもどろに言い繕う。

『なんにせよ、二人が無事でよかったわ。レギーナと咲耶も安心しているわ』

明滅する〈宝珠〉の向こうで、ほっと安堵する気配があった。

『いま、地下の最下層地区にいるのよね。私たちはそっちに降りる手段がないから、地上のどこかのポイントで合流しましょう』

「了解です。あ、先輩、その前に報告することが――」

『……報告？』

「――はい。この廃都には、〈ヴォイド・ロード〉のいる可能性があります」

『なんですって⁉』

エルフィーネの驚く声が響き渡った。

リーセリアは、あの亡霊たちのことははぐらかしつつ、地上で交戦した〈ヴォイド〉の存在、〈セントラル・ガーデン〉の中心部にある〈魔力炉〉を、〈ヴォイド・ロード〉が取り込んだのではないかという可能性を報告した。

この時代の人類は基本的に、亡霊やアンデッドの存在を信じていない。亡霊のことをそのまま話して、妙な混乱を招くよりはいい、という彼女の判断は正解だろう。

話を聞き終えたエルフィーネは——

『〈ヴォイド・ロード〉——まさか……』

と、緊迫した声を発した。

「もちろん、まだ推測段階ではありますが——」

リーセリアはそう前置きして、

「〈第〇三戦術都市(サード・アサルト・ガーデン)〉が〈第〇七戦術都市(セヴンス・アサルト・ガーデン)〉へ向けて移動を続けている以上、〈大狂騒(スタンピード)〉が発生する可能性を考え、調査を続けるべきだと思います」

「そうね。大型の〈ヴォイド〉が発生したということは、背後に〈ヴォイド・ロード〉の存在があっても不思議はないわ。いずれにせよ、〈セントラル・ガーデン〉の〈魔力炉〉に関しては、調査しなくてはね——」

〈天眼の宝珠(アイ・オヴ・ザ・ウイッチ)〉が、空中で頷(うなず)くように明滅した。

「ところで、先輩たちのほうは、なにかありましたか？」

と、今度はリーセリアが訊(たず)ねる。

「ええ……と……」

少し間があってから、エルフィーネの声が応答した。

『……民間人の、エルフの少女を保護したわ』

「民間人!?　この廃都に、生き残った人がいたんですか？」

今度はリーセリアが驚きの声を上げる。

『いえ、〈聖剣〉を所持しているし、まだ民間人かどうかは確認できていないのだけど、詳しいことは、合流してから話したほうがよさそうね』

「は、はい、わかりました。合流地点はどうしましょう？」

『どこか、いい場所はある？』

と、リーセリアは少し考えて——

「それじゃあ、〈セントラル・ガーデン〉のクリスタリア公邸で、どうでしょうか」

『〈クリスタリア公邸〉——そうね、そこならレギーナも案内できるでしょうし、了解したわ。二人とも、気を付けてね』

「はい、先輩たちも気を付けて——」

　通信を終えると——

〈天眼の宝珠〉はその光を失い、休眠モードに入った。

〈聖剣〉を起動し続けた状態だと、エルフィーネの精神力の消耗が激しいらしい。

リーセリアはふうと息をつくと、背後のレオニスを振り返る。

「もう、吸血衝動は収まりましたか？」

「……〜っ、ご、ごめんね、レオ君！」

少し意地悪に訊ねると、リーセリアは顔を真っ赤にして謝ってくる。

「吸血していいとは言いましたが、あまり吸われすぎると……その、困ります」

「……さ、さっきは、なんだか頭がぽーっとして、おかしくなっちゃって……」

しゅん、と肩を落として涙目になる彼女。

（……まあ、眷属をいじめるのもこのくらいにしておくか）

眷属に甘いレオニスはこほん、と咳払いして、

「冗談ですよ。セリアさんの魔力が回復したようで、よかったです」

「レオ君……」

「では、もう少しだけ休んでから、その合流地点に向かいましょう」

ゆっくりと身体を起こした。

貧血で多少眩暈がするが、まあ、動けぬほどではない。

温まっていた保存食のシチューを器によそい、スプーンと一緒にリーセリアに渡す。

「ありがとう、いただきます」

礼儀正しく両手を添えて、彼女は微笑んだ。

「ところで、エルフィーネさんと話していた、〈クリスタリア公邸〉というのは――」

「うん、わたしの生家」

リーセリアは頷く。

「公邸は、この都市の中心にある島――〈セントラル・ガーデン〉の行政区にあるの。目

印になるような建物はほとんど倒壊してしまったけど、〈クリスタリア公邸〉なら、わたしもレギーナも道に迷わず案内できるわ。それに――」

と、最後になにかいいかけて、彼女は口をつぐんだ。

その理由を言葉にせずとも、レオニスは察した。

この廃都に囚われた、クリスタリア騎士の魂。彼女の父である、クリスタリア公爵もまた、あの亡霊たちのように彷徨っているのかもしれない。

〈あるいは、すでに〈聖女〉の力によって、〈ヴォイド〉と変じてしまったか――〉

なんにせよ、レオニスとしても、調べねばなるまい。

この廃都で、なにが起きているのかを――

◆

――〈セントラル・ガーデン〉地下最下層。

半球場の空間の中心で、巨大な〈魔力炉〉が煌々と光を放つ。

「――ああ、ようやくです。ようやく、〈女神〉の器が満たされる」

聖堂のように静謐なその場所で、神官服姿の青年が嗤った。

ネファケス・ヴォイド・ロード。

彼の目の前にある祭壇には、教団の集めた数十本の〈魔剣〉がある。

それを、一本一本、炉にくべるように、輝く〈魔力炉〉の中に突き込んだ。

ズブ……ズブズブズブ……ズブ……

と、輝く〈魔力炉〉は、彼の手にした〈魔剣〉を呑み込んでゆく。

「〈女神〉よ、一〇〇〇年の長き時を、我々は待ち続けた。〈光の神々〉に、たった一人で叛旗を翻した、偉大なる御方よ――」

ネファケスは恍惚とした表情で、上を見上げた。

そこには、〈魔力炉〉と融合した、真っ白な肌の女の姿がある。

――〈女神〉の転生と時を同じくして、復活した〈六英雄〉の〈聖女〉。

彼女は、光を失った瞳で虚空を見つめ、ひゅうひゅうと小声で歌を紡いでいる。

「ああ、良い響きですよ。〈六英雄〉の〈聖女〉ティアレス・リザレクティア、〈女神〉の軍勢の宿敵であった貴女の歌が、こんなにも心地よく聞こえるなんて」

虚無に蝕まれた〈六英雄〉は、今や〈女神〉の転生体の器となった。

ロゼリア・イシュタリスの魂の欠片は、この虚無の中で孵化するだろう。

「……もうすぐ、もうすぐですよ――」

彼が全ての〈魔剣〉を投げ入れ終えた、その時――

鳩のような〈人造精霊〉の使い魔が、彼の肩に止まった。

「なんです？　無粋な――」

彼は顔をしかめるが、その精霊の報告を聞くと、すぐに冷静な表情に戻る。

「――〈天使〉が消滅しただと？」

あの強大な〈ヴォイド〉は、聖域の送りこんだ刺客に差し向けたはずだが。

（あのエルフの勇者を少し見くびり過ぎましたか？　いや――）

ネファケスは端末を起動し、この戦術都市の監視ネットワークに接続した。

――しばらくして。

監視ネットワークは、外部エリアに不審な物体を発見した。

乗り捨てられた、帝国騎士団採用の〈戦闘航空機〉だ。

「……〈聖剣士〉の調査隊、ですか。思ったよりも早かったですね」

と、彼は肩をすくめて嘆息した。

〈聖剣士〉ごときに、あの〈天使〉が倒されたとは信じられないが――

「まあ、いいでしょう。少し、塵掃除をしてきますかね」

脈動する〈魔力炉〉を満足そうに見上げて、ネファケスは呟いた。

第七章　クリスタリア公邸

Demon's Sword Master of Excalibur School

「少し進んだところに、〈セントラル・ガーデン〉に続く地下鉄道があるはずよ」

言って、リーセリアが端末に表示された地図を指差した。

連結ブリッジの真下を通る、行政区への直通ルートだ。

「鉄道を動かせるんですか？」

「レオ君、〈ヴィークル〉を動かすのとは違うのよ」

リーセリアは人差し指を振りつつ苦笑する。

……どうやら、恥ずかしい質問をしてしまったようだ。

「レール沿いに歩くの。地上を歩くよりは時間の節約になるはずよ」

「徒歩、ですか……」

レオニスはうんざりした顔をする。

そんなレオニスを見たリーセリアは、

「学院に戻ったら、もっと基礎体力のカリキュラムを入れないとね」

くすっと微笑して、そんなことを呟(つぶや)くのだった。

「それじゃ、行きましょう——」

「――あ、待ってください」

と、レオニスは歩き出そうとするリーセリアを引き止める。

「……レオ君？」

「セリアさんに、渡しておきたいものがあります」

「渡しておきたいもの？」

リーセリアがきょとんと首を傾げた。

「あの騎士たちの亡霊が言っていたでしょう、〈魔力炉〉に近い場所に膠着した魂は、みんな〈ヴォイド〉に変質してしまったと」

「……うん」

「僕一人では、セリアさんを守り切れないかもしれない。さっきみたいに――」

レオニスはリーセリアの脚に目を落とす。

脚の傷は〈吸血鬼の女王〉の能力で治癒したものの、一歩間違えれば、もっと大きな傷を負っていてもおかしくはなかった。

「レオ君、心配してくれてるの？」

「……～っ、じ、自分の身は自分で守ってください、ということです」

透き通った瞳で見つめられ、レオニスはふいっと顔を逸らした。

こほん、と咳払いすると、〈封罪の魔杖〉の柄で地面の影を叩く。

――と、黒い影に波紋が広がった。

その波紋の中心から、妖しい光を纏うものが姿を顕す。

それは、冥界に咲く血の華を思わせる、美しい真紅のドレスだ。

胸もとの大胆に開いた鮮烈なデザイン。

裾や袖口には、魔力の通った糸による、精緻な刺繍がほどこされている。

「……ドレス？」

リーセリアは蒼氷の瞳を大きく見開いた。

「――ええ。〈花嫁のドレス〉です」

「え？　は、花嫁!?」

リーセリアの顔がカアアッ、と赤くなった。

「レ、レオ君、えっと……嬉しい、けど……ど、どど、どうしよう」

片手で口もとを押さえ、混乱した様子のリーセリア。

「な、なにを勘違いしているんですか」

レオニスはあわてて言った。

「これは本来、右腕となる眷属に与える最上級の装備品。セリアさんにはまだ早いと思いましたが、この際ですから、特別にお贈りしましょう」

その真の名称は、英雄級装備――〈真祖のドレス〉。

〈影の王国〉の〈宝物庫〉の中でも、最上級の一品だ。

ブラッカスと共に赴いた、吸血鬼の城の宝物庫より奪った国宝である。

もう少し、彼女が魔力の制御を覚えてから贈ろうと考えていたものだが、まあ、ちょうどいい機会ではあるだろう。

「この〈真祖のドレス〉は、〈吸血鬼の女王〉の魔力を、肉体の強靭さに変換します。力は爆発的に跳ね上がりますが、魔力を急激に消耗するので、扱いには慎重に」

レオニスは魔杖を掲げ、呪文を唱えた。

ドレスはくるくると折り畳まれ、リーセリアの影の中に吸い込まれるように消える。

「……消えた⁉」

「セリアさんの影に溶け込みました。呼び出したいときは、ドレスを着た自分をイメージしながら、魔力を込めてみてください。そう難しくはありません」

「……わ、わかったわ」

こくっと真剣な顔で頷くリーセリア。

「ありがとう、レオ君。大切にするね」

「礼にはおよびません。眷属の本来の役目は、主を守ることなので」

レオニスはもう一度、こほんと咳払いをして、

「それと、ここにいる間、精鋭の騎士を護衛に付けましょう」

「騎士？」

「——ええ。影の王国より出でよ、〈ログナスの三勇士〉！」

レオニスは不敵な笑みを浮かべ、召喚の言葉を口にした。

足もとに描き出された魔術法陣が青く不気味に輝く。

その中心より現れたのは——

それぞれ魔法の武器を手にした、三体のスケルトンの戦士だった。

「それがしは氷獄の剣士アミラス」

と、剣を手にした革鎧のスケルトンがポーズをとり、

「我が輩は地獄の闘士ドルオーグ」

と、鉄球を手にした重甲冑のスケルトンがポーズをとり、

「わしは冥界の法術士ネフィスガル」

最後に、杖を手にしたローブ姿のスケルトンがポーズをとる。

「——我ら栄光の〈ログナス三勇士〉！」

その三体の骸骨を見た途端——

「……」

リーセリアの表情が目に見えて曇った。

「また骨なの……？」

「ち、違います、彼らは訓練用のスケルトンとは別物です！」

レオニスはあわてて否定する。

まあ、見た目は普通のスケルトンとほぼ変わらないので、そう思うのもしかたない。

しかし、彼らはスケルトン兵どころか、〈ハイペリオン〉の戦場で召喚した〈ログナス王国騎士団〉の中でも最精鋭の最上級アンデッドたちなのだ。

「彼らは僕の戦友。共に戦場を戦い抜いた、歴戦の勇士たちです」

「……そ、そうなの？」

リーセリアは、疑わしそうに三体のスケルトンを見つめて――

「……なんだか、絡まっているようだけど」

と、ポーズを取ったまま、動けなくなっている三体をつんつんつつく。

「む、おいドルオーグ、それがしから離れろ」

「ぬん、アミラスよ、貴様こそ我が輩から離れろ」

「お主ら、動くな！　老骨にひびがはいるわい！」

ピシリ、と骨の砕ける嫌な音がした。

（……～っ、こ、こいつら、なにをやっているんだ！）

レオニスは頭を抱えた。

「じっとしてて。ええっと……こうやって、こう……ね……」

リーセリアが絡まった骨を丁寧に外すと、ようやく三体は離れることができた。

「おお、感謝しますぞ、美しい姫よ」

「このご恩は忘れぬ。我が命にかけて、あなたをお守りいたしましょう」

「不死者（アンデッド）に命はないですがな、カカカ！」

と、楽しげに笑うアミラス、ドルオーグ、ネフィスガル。

リーセリアが『本当に大丈夫なの？』という視線を向けてくる。

「う、腕はたしかな三人です」

と、レオニスはごまかすように言った。

「不死者の中で最も高貴なる〈吸血鬼の女王（ヴァンパイア・クイーン）〉にお仕えできるとは、このアミラス、光栄の極みでございます」

「左様、〈吸血鬼の女王（ヴァンパイア・クイーン）〉といえば、清らかな処女だけがなれるという――」

「しょっ――」

リーセリアが顔を真っ赤にした、瞬間。

ゴッ！

レオニスが闘士ドルオーグの頭を杖（つえ）でぶん殴った。

骨はバラバラに砕けて地面に散乱する。

「む、痛いですぞ、レオニス殿」

まったく痛くなさそうに（当然だ）、砕けた骨が再び組み上がる。

「……～っ、うるさい。僕に恥をかかせるな！」

レオニスは魔杖(まじょう)を振るうと、三体のスケルトンをリーセリアの影の中に放り込んだ。

◆

十五分ほど歩いた場所に、放棄されたターミナルはあった。

車庫には多数の小型の車両が、そのままの姿で取り残されていた。

「――これがいいですね」

と、レオニスは黒塗りの車両の側面を、コンコンと叩(たた)く。

「王侯貴族のための特別列車よ。子供の頃に何度か乗ったわ」

リーセリアが車体に手を触れ、懐かしむように言った。

「では、これにしましょう」

「え？」

リーセリアが驚く間もなく――

「――〈炎斬剣(サヴェル)〉」

ズオッ！

レオニスの持つ杖(つえ)の先に炎の刃(やいば)が生まれ、連結した車両を切り離した。

「ちょっと、レオ君、なにを――」

「何時間も歩くのは、さすがにしんどそうなので――」

レオニスは魔杖(まじょう)の尖端(せんたん)を足もとに向け、召喚の呪文を唱える。

「戦場を征く死の運び手、不吉なる影の王国の戦馬よ――」

すると、足もとの影に波紋が生まれ、それが這(は)い出てきた。

ズ……ズズズズ……ズズズズズ……！

闇の中に不気味に輝く真紅の目。

その全身に青白い炎を纏(まと)う、巨大な骨の軍馬が二頭。

戦場を駆ける悪夢――〈屍骨馬(ボーン・メア)〉。

レオニスの使役する上位アンデッドだ。

「……骨の馬？」

「本当は戦車(チャリオット)もあったんですけどね」

レオニスは肩をすくめて首を振る。

左右の車輪に大鎌の付いた専用の戦車は、レオニスが前戦に出た最後の戦場で、御者の〈死神〉もろとも、六英雄の〈剣聖〉シャダルクに破壊されてしまったのだ。

二頭の〈屍骨馬(ボーン・メア)〉は大きく嘶(いなな)くと、カツカツと車両の前まで歩く。

その巨躯の纏う青白い炎が、車両を包みこんだ。

「これで、この車両は〈屍骨馬(ボーン・メア)〉の牽く戦車(チャリオット)になりました」

レオニスは杖の咳で車両のドアを叩(たた)き、〈解錠(アン・ロック)〉の呪文を唱える。

ドアフレームに魔力の光が灯(とも)り、ドアが開く。

最先端の魔導機器も、その原理は魔術の理論を応用したものだ。

単純なものであれば、古代の魔術でも簡単に干渉できる。

「さあ、乗ってください、セリアさん」

唖然(あぜん)として口を開けるリーセリアに、レオニスは手を差し出した。

◆

「先輩、これ、動きそうです?」

「認証ロックがかかってるわね。なんとかしてみるわ」

レギーナが屈(かが)み込んで乗り捨てられた軍用ヴィークルの車輪を点検し、エルフィーネは〈天眼の宝珠(アイ・オヴ・ザ・ウイッチ)〉によるロックの解除を試みる。

そんな二人の様子を、剣を抱えたエルフの剣士が眺めていた。

ときおり、長い耳がぴくぴく動くのは、二人の話を聞いているからだ。

風の声を聞くエルフの聴力は、人間のそれをはるかに凌駕する。

彼女達の会話を盗み聞いて、なんとなく、わかったのは――

（……本当に、この廃都を調査しに来ただけみたいね）

と、アルーレ・キルレシオは胸中でひとりごちた。

彼女たちは、あの異形の化け物と戦う、この時代の騎士階級らしい。

そして、〈聖剣〉と呼ばれる、魔術とは根本原理の異なる力を有しているようだ。

（魔術に比べると、あまり融通の効く力ではなさそうだけど――）

まだ傷の痛む脇腹を押さえつつ、彼女は顔をしかめた。

（〈神聖魔術〉の使い手がいれば、この傷もすぐに治癒できるのに……）

魔力を循環させ、肉体の治癒能力を高めてはいるが、完全な治癒には時間がかかる。

（不覚を取ったわね。情けない……）

虚空の裂け目より現れた、大型の〈天使〉に似た異形。

あれほど強力な個体がいるとは思わなかった。

無論、自分の剣の腕が、全盛期にまったく遠く及ばないことは自覚している。

なにしろ、一〇〇〇年もの間、〈長老樹〉の中で眠り続けていたのだ。

（せめて、少しでも勘を取り戻さないと――）

魔王殺しの武器（ジ・アーク・セヴンス）――斬魔剣〈クロウザクス〉の柄を強く握りしめる。

それにしても――

天使型の異形を呼び出した、あの男――

あれは一体、何者なのだろう……？

（……〈女神〉の転生体の守護者？）

〈女神〉に守護者がいる可能性は、彼女に使命を与えた〈長老樹〉も危惧していた。

〈女神〉の復活を望む者――ロゼリア・イシュタリスの信奉者。

考え得る中で可能性が高いのは、姿を消した〈魔王〉たちだ。

例えば、〈不死者の魔王〉と呼ばれた、レオニス・デス・マグナス。

〈魔王軍〉の中で最後まで抵抗を続けた、〈八魔王〉の中でも最強と名高い〈魔王〉。

〈死都〉陥落の寸前、かの〈不死者の魔王〉は、不気味な予言を残したという。

この世に闇がある限り、我は何度でも蘇り、世界を恐怖に陥れるだろう――と。

魔王レオニスは死を超越した王。

一〇〇〇年の時代を超えて復活する可能性は十分にある。

（あるいは――〈異界の魔神〉アズラ＝イル？）

こちらも、その滅びが確認されていない〈魔王〉の一柱だ。

魔神アズラ＝イルは、〈六英雄〉の大賢者アラキール・デグラジオスによって、居城である〈異次元城〉の玉座に封印されたという。

八人の〈魔王〉の中で、〈女神〉に真の忠誠を誓っていたのは、この二人だ。

（あの男は〈魔王〉の手の者なのか、それとも別の——）

と、目の前の地面を見つめ、考えていると、

「痛みは、大丈夫か？」

と、小柄な青髪の少女が膝を屈(かが)め、尋ねてくる。

名前はたしか、サクヤと言ったか。目もとの涼しげな、美しい少女だ。

「……ええ」

アルーレは冷たく答え、顔を上げた。

彼女は、自分の見張り役なのだろう。

「すまないな。医療の心得がある者がいればよかったんだけど」

と、咲耶(さくや)は血の滲む包帯に目を向ける。

「たいした傷じゃない。すぐに治るわ」

ふいと目を背けると、少女はおもむろに横に座った。

「いい剣だな。銘はなんという？」

と、アルーレの抱く〈クロウザクス〉に視線をやる。

「——〈魔王殺し〉よ」

「それはまた、大層な銘だ」

「そうね――」

なおも興味深そうな彼女に、そっけなく答え、

「あのとき、どうして刃を止めたの？」

と、訊き返す。

「なんとなく、かな。刃を交えて、悪い奴じゃないとわかった」

「……なにそれ。勘みたいなものじゃない」

「まあね。でも、僕の勘はあたるんだ」

青髪の少女は苦笑した。

「あなた、強いわね。あたしほどじゃないけど」

「そうかな」

「どこの国の剣術？」

少し興味がわいて尋ねると、彼女は少しのあいだ沈黙して、

「〈桜蘭〉だ。姉とボクだけが継承した、一子相伝の〈絶刀技〉」

「知らないわね」

そんな名前の国は、一〇〇〇年前にはなかったはずだ。

「もう、ない国なんだ」

彼女は静かに言った。

「ボクの故郷は、〈ヴォイド〉に滅ぼされた」

「……そう、ごめんなさい」

アルーレは俯く。頭のうしろでくくったしっぽ髪に、指を巻き付けて、

「あたしの故郷も、もうないわ」

青髪の少女はわずかに目を見開く。

「森の中にある、精霊とエルフの聖域。閑かで、美しい場所だった」

「……〈ヴォイド〉に滅ぼされたのか?」

「いいえ」

と、アルーレは首を横に振る。

「〈鬼神王〉ディゾルフ・ゾーア——といっても、わからないわね」

サーグの山脈を支配する〈鬼神王〉は、八魔王の中で最も残虐な魔王だった。

鬼神王の放ったオーガの軍勢に、森はことごとく蹂躙されたのだ。

(……もう、あんなことは二度と繰り返させない)

強く、〈魔王殺し〉の剣の柄を握りしめる。

この剣で、全ての災厄の元凶たる〈女神〉、ロゼリア・イシュタリスを滅ぼすのだ。

「——あ、動きそうですよ」

と、金髪の少女がこっちを向いて手を振った。

乗り捨てられたヴィークルを修理できたようだ。

「……どこへ向かうの？」

「廃都の行政区〈セントラル・ガーデン〉だよ。そこで仲間と落ち合う」

「ここに来たのは、あなたたちだけじゃないのね」

「ああ――」

頷いて、咲耶は小型の端末を見せてくる。

映し出されたのは、エルフの目から見ても美しい、白銀の髪の少女と――

「……子供？」

端正な顔立ちの少年だった。

「ああ、彼はレオニス。遺跡で保護された、まだ十歳の子供だ」

咲耶は言った。

「けど、強力な〈聖剣〉の力を宿している」

アルーレは口を噤んだ。

こんな年端もゆかぬ子供まで、あの異形の化け物どもと戦わされている。

……それほどまでに、この世界の状況は逼迫しているのだろう。

それにしても――

と、わずかに眉をひそめる。

「レオニス？　あまりよい名前とは言えないわね」

「……？」

「その名前は、あたしの故郷では忌み名だったから――」

キイイイインと、甲高い音がして、アルーレは顔を上げた。

ヴィークルの修理が完了したようだ。

「先輩、さすがですね。軍用車両の認証を簡単に突破するなんて」

「帝都のセキュリティに比べれば簡単よ。レギーナ、道案内をお願いね」

「はい、任せてください。咲耶、行きますよ――」

「わかった」

咲耶は立ち上がると、アルーレに手を差し出した。

「立てるか？」

「……一人で大丈夫よ」

斬魔剣〈クロウザクス〉を手に、立ち上がった。

◆

ガラガラガラッ、ガラガラガラガラガラガラッ――！

火花を散らす金属の車輪と、打ち鳴らされる蹄鉄の音。

〈魔骨列車〉は、けたたましい音をたてて地下トンネルを走り抜ける。

まるで世界の終わりを告げるような、恐ろしい轟音。真紅に輝く〈屍骨馬〉の眼光が、暗闇をサーチライトのように照らし出す。

仕切られた車両のコンパートメントの中で、レオニスは優雅にコーヒーを飲んでいた。

〈聖剣学院〉の購買で売っている、ごく一般的な缶コーヒーだ。

「少し音はうるさいですけど、なかなか快適ですね」

「うん……」

向かいの席に座るリーセリアは、先ほどからレオニスをじーっと見つめている。

レオニスはわずかに眉をひそめると、

「セリアさん、どうしました？」

「あ、うん……なんか、ごめんね」

リーセリアあわててぱたぱたと両手を振る。

「スピードのことでしたら、これ以上は脱線の危険があるので――」

「う、ううん、違うの。あのね、なんだか、レオ君が――」

と、彼女はちょっと言葉を選ぶように口ごもり、

「魔王、みたいだな……って」

「……っ……けほっ、けほっ!?」

レオニスは、思わずコーヒーを吹き出した。

「ああっ、レオ君、大丈夫?」

懐からハンカチを取り出したリーセリアが、あわててレオニスのズボンを拭く。

「……い、いま、なんて……?」

レオニスはけほけほと噎せつつ、訊き返した。

たしかに、リーセリアには〈魔王〉の力の一端をかなり見せてしまっているが、まだ、その正体は明かしていない。彼女の中でのレオニスは、記憶を失った古代の魔術師、という認識のはずだった。

リーセリアはハンカチを丁寧に折りたたみ、

「お父様が子供の頃に話してくれた、おとぎ話。レオ君を見ていて、なんだか、そのおとぎ話に出てきた、魔王みたいだなって思ったの」

「おとぎ話、ですか……」

どうやら、正体がバレたわけではないらしい。ほっと安堵の息をつく。

「骨の馬に乗った〈魔王〉は、たくさんの家来をしたがえてて、骨のお城に住んでるの。それで、空から稲妻を降らせたり、火を吹いたりするのよ」

「火を吹いたりはしません!」

レオニスは思わず反論した。

「そ、そうなの？　魔王は火を吹くって、お父様が……」

と、首を傾げるリーセリア。

（……ふむ）

本当に他愛のないおとぎ話のようだが、興味深くもあった。

レオニスの調べた限り、この世界には魔王の伝承は絶えているはずだ。

しかし、歴史から消された〈魔王〉と〈神々〉の存在は、そのような伝承に形を変えて、その残滓を残している可能性はある。

「あ、レオ君が似てるっていうのは、悪い意味じゃなくて、いい意味でね」

「……いい意味の魔王ってなんですか」

レオニスは憮然として言った。

「そんな恐ろしい魔王が〈ヴォイド〉を倒してくれる、お父様は、そう言ってたの」

「……」

沈黙。骨の馬の蹄鉄の音が響く。

……その魔王は、目の前にいるのだが。

なんにせよ、どうでもいい話だ。

父親が、娘を安心させるための優しい嘘にすぎない。

「ごめんね、変なこと言って」

リーセリアは窓の外の暗闇に目をやりつつ、

「でも、もし、そんな恐ろしい魔王が、この世界に現れてくれたら、って――」

「いえ、僕程度の魔術師が、〈魔王〉と呼ばれるなんて、光栄ですよ」

レオニスは余裕の笑みを浮かべてみせた。

「ちなみに、おとぎ話だと魔王はどうなるんですか？」

「普通に勇者が魔王を倒して、めでたしめでたしよ」

「……駄作ですね」

「え？」

「なんでもありません」

◆

ヒイイイイイイイイインッ！

悪夢を呼ぶような〈骨屍馬(ボーン・メア)〉の恐ろしい嘶(いなな)きが、地下トンネルの中を反響した。

「――到着したようですね」

レオニスが杖(つえ)で床を叩(たた)くと、車両は徐々にスピードを落とし、やがて停止した。

ドアを開け、ターミナルに降りる。

車両の一部が駅の外にはみ出してしまったが、まあ、誤差の範囲だろう。

車両を牽引する骨が魔力を失い、バラバラと崩壊する。

散らばった骨を、膨れ上がったレオニスの影が沼のように呑み込んだ。

いっそ、この車両も手に入れておこうかと思ったが——

『〈影の王国〉の宝物庫はもうぎゅうぎゅうです！』

と、怒るシャーリの顔が思い浮かんだので、やめておく。

「レオ君の影って、どうなってるの？」

興味津々に小首を傾げるリーセリア。

おそるおそる、影に足をのせるが、何も起きない。

「知らない方がいいと思いますよ」

レオニスは不敵な笑みを浮かべて言った。

よもや、影の中に〈王国〉がまるごと入っているとは思うまい。

……というか、〈王国〉の最も深い場所に関しては、レオニス自身も感知していない。

大いなる深みにある〈墓所〉には、最も強大な眷属が封印されているが、当分目覚めさせるつもりはない。あれは、今のレオニスの手には余る存在だ。

暗闇の中を進むと、地上へ出る〈昇降機〉を発見した。

「これは、使えないですよね」

「ええ。階段で歩きましょう」

「……ですよね」

レオニスは露骨に嘆息する。

体力のない十歳の少年の肉体で、この階段上りは地味にキツイ。

「基礎体力のトレーニングだと思って、頑張って」

リーセリアはレオニスの頭をぽんぽんと撫でると、軽快に歩きだした。

静寂の中、カツン、カツン、と硬い靴音だけが響く。

リーセリアに手を引かれつつ階段を上る。

(……天井を全部吹き飛ばして、飛行魔術で上がったほうが楽なんじゃないか？)

肩で息をしながら、胸中でそんな横着なことを考えるレオニスである。

カツン、カツン、と歩きながら、

「なんだか、レオ君を見つけたときのことを思い出すわね」

リーセリアはふと、そんなことを呟いた。

「……そう、ですね」

そういえばあの時も、こうして手を引かれつつ、霊廟の階段を上ったのだ。

その途中、現れた〈ヴォイド〉に襲われ、彼女はレオニスを庇って命を落とした。

(あの時の俺は、彼女をただの情報源としかみなしていなかったな)

思い出して、レオニスは苦笑する。

「……あの時は、偶然扉が開いて、レオ君を助けられたのよね」

「扉？」

「うん、レオ君が閉じ込められていた部屋の扉。古代の文字が彫られてて、それを解読しようとしていたら、突然――」

「……ああ、そうでしたね」

それはレオニスも疑問に思っていたことだ。〈不死者の魔王（アンデッド・キング）〉を封印した地下霊廟の扉は、どんな手段でも開くことができぬよう、厳重な封印を施していたはずだった。

現に一〇〇〇年もの間、あの扉の封印を解いた者はいない。

では、どうしてリーセリアは封印を解くことができたのか。

(封印の魔術が、不完全だったとは思えないが……)

「そろそろ、地上に着くはずよ」

リーセリアがレオニスを励ますように言った。

それから五分ほど階段を上り続けて、ようやく地上へ出た。

第〇三戦術都市（サード・アサルト・ガーデン）――〈セントラル・ガーデン〉行政区のターミナルだ。

「公邸は、ここから少し離れたところにあるわ」

「ま、また歩くんですか？」

レオニスがうんざりした顔で言うと、

「もう少し、頑張って」

リーセリアは苦笑しつつ、レオニスの頭をくしゃくしゃと撫でるのだった。

◆

〈セントラル・ガーデン〉行政区——クリスタリア公邸。

門を破壊して中に入ると、荒れ果てた庭園が目の前に広がった。

否。庭園とは到底呼べまい。

瘴気によって、草木はすべて枯れ果て、ただの荒れ地となっていた。

じゃり、と小石を踏みしめて、リーセリアが中に足を踏み入れる。

（……六年ぶりの帰郷、というわけか）

レオニスは無言で、彼女の背中について歩く。いつもはレオニスの歩幅に合わせ、ゆっくり歩いてくれるのだが、今はそんな余裕はないようだ。

荒れ果てた中庭の先に、屋敷のような大きな建物が見えた。

〈フレースヴェルグ〉女子寮とよく似た、〈ロンデルク古王朝〉式の建築だ。

おそらく、この時代の貴族の懐古趣味なのだろうが、付近にそびえ立つ積層建造物群と比べると、やはり浮いているように思える。

石畳の玄関道をしばらく歩いて、公邸の前にたどり着いた。

「ロックは作動してないようね」

リーセリアは扉の前で一つ頷くと、

「たあああっ！」

拳に魔力を込めて、強化素材の扉を破壊した。

「乱暴ですよ、セリアさん」

レオニスがたしなめるが、リーセリアは気を急くように中に入ってゆく。

たまった埃が宙を舞い、彼女は少し咳き込んだ。

二人を迎えたのは、大きなロビースペースだった。

両脇に階段があり、二階へ続いている。

レオニスは〈封罪の魔杖〉の尖端に光球を灯した。

「荒らされたりは、してないみたいですね」

「ええ。〈ヴォイド〉が侵攻してくる頃には、ここは引き払っていたしね」

静寂に満ちたロビーに、硬い靴音が響く。

（……ここには亡霊の気配はない、か）

クリスタリア騎士団たちの亡霊の話によれば、〈セントラル・ガーデン〉に漂う亡者の魂は、ほとんど、あの人型の〈ヴォイド〉に変質してしまったというが。

「レオ君、屋敷の中を見てくるわ。一緒に来る？」

「いえ、僕は外で待っていますよ。レギーナさんたちが来るかもしれませんしね」

そこまで無粋ではない。彼女も一人になりたいだろう。

リーセリアは小型端末のライトを点けて、階段を上った。

◆

ギイ、と蝶番の軋む音がして、書斎のドアが開く。

彼女は小さく息を呑み、静かに足を踏み入れた。

それほど広い書斎ではない。壁の両側には大型の棚が並び、古代の遺跡などで発掘された魔導具や古文書が几帳面に整理されている。

まるで、時間が止まったような空間。

子供の頃は、よくここに入って本を読ませてもらったものだ。

思えば、彼女が古代の遺跡に興味を持ったのは、父の影響だった。

（……遺跡でレオ君を保護できたのも、そのおかげね）

床の上にうっすら積もった埃を踏みながら、リーセリアは中に進む。

部屋の奥に、大きな執務机と椅子があった。

目を凝らしてみるが、もちろん、エドワルド公爵の亡霊などはいない。

父の魂は、この廃都のどこかを彷徨っているのか。それとも――

嫌な考えを振り払うように、リーセリアは首を振る。

――と、執務机の上に置かれた、一冊の本に目がとまる。

タイトルのない、革表紙の本。

「……古代語の本？」

リーセリアは本を手に取り、埃をはらうと、なにげなく頁をめくった。

（見たことのない言語ね……）

彼女は〈聖剣学院〉の課程で遺跡調査を専門としている。

古代の言語に関しては、学院生の中でもかなりくわしいほうだ。しかし、この本に書かれている言語は、彼女の知るどの言語体系とも似ていないように思える。

まるで異世界の言語のようだ。

（お父様が最後に研究していた本……）

興味を惹かれ、リーセリアはその本を手に取った。

（形見、だものね……）

書斎を出て、彼女の子供の頃の部屋に向かう。

と——

「——何者かと思えば、これはこれは可憐なお嬢さん」

「……っ、誰⁉」

突然、背後に生まれた気配に、リーセリアは振り返る。

年若い、奇妙な出で立ちの男がそこにいた。

時代がかった白のローブ服に身を包んだ、二十歳ほどの優男だ。柔和な笑みを浮かべているが、それがかえって、ゾッとするような不気味さを感じさせる。

本能的な危険を感じて、リーセリアは瞬時に跳び下がった。

「〈聖剣〉——アクティベート！」

右手に〈誓約の血魔剣〉を顕現させる。

青年は、そんな彼女の姿を面白そうに眺めて、

「やはり、〈聖剣士〉ですか。なるべく隠密にことを進めてきたつもりですが、もう気取られてしまうなんて、この時代の人類の技術は侮りがたい——」

「……っ、あなたは、一体……どうして、ここに人間がいるの？」

「……人間？　ああ、ひょっとして、私のことですか」

青年は凄絶に嗤った。

「そんな侮辱を受けたのは、はじめてですよ」

「……っ⁉」

「私は主(あるじ)ほど寛大ではありません。その罪、万死に値しますねえ」

男の突きだした掌(てのひら)に、紅蓮(ぐれん)の焔(ほのお)が生まれた。

「――〈爆裂咒弾(ファルガ)〉！」

◆

公邸の中庭に出たレオニスは、玄関前の庭石に腰掛け、ドラゴンの骨を磨いていた。

骨を磨くのはレオニスの趣味だ。

綺麗(きれい)に磨き上げた骨は、やはりスケルトンにしたときの見栄えが違う。

なにしろ、〈不死者の魔王(アンデッド・キング)〉の使役するスケルトンだ。

（そこらの死霊術師(ネクロマンサー)やリッチの使う骨と同じと思われては、俺の名が廃るからな）

シャーリなどは、「魔王様、その趣味はちょっと」などと苦言を呈していたが、これはレオニスのこだわりなのだ。

それに、この時代では、そう簡単には骨を調達できない。ことに大型のドラゴンの骨などは、現存しているかどうかも怪しいものだ。

（〈影の王国〉には数万の軍勢が眠っているとはいえ、大切にせねばな……）

『……年……聞こえますか、少年――』

と、かたわらに置いていた〈天眼の宝珠〉が光り、声が聞こえた。

「レギーナさん？」

骨を磨く手を止め、レオニスは返事をする。

『――あ、よかった。いま、どこにいます？』

「もうクリスタリア公邸に到着しています」

『ええっ、早すぎませんか？』

「地下の鉄道網は〈セントラル・ガーデン〉に直通だったので」

『それはそうですけど、地下の〈リニアレール〉、動いてないですよね？』

不思議そうな声をあげるレギーナ。

「動かしました。それより、レギーナさんたちは？」

説明するのは面倒なので、レオニスは訊き返す。

『こっちは、連結ブリッジを目指しているところです』

「――なるほど」

道の寸断された地上では、あと数十分はかかりそうだ。

「では、僕たちはここで待機しています」

『お願いします。ところで、お嬢様は？』

「公邸の中です。一人の時間を邪魔したくはなかったので」

『少年はオトナですね』

レギーナがくすっと微笑する気配がした。

『あ、少年は私の部屋、見たいですか？　到着したら入れてあげますね』

「いえ、とくには――」

『……〜っ、しょ、少年は、女の子の部屋とか、ぜんぜん興味ないです？』

「ええと――」

と、レオニスが言いかけた、その瞬間。

ズオオオオオオオオオンッ！

轟音と共に、館の二階の窓がすべて吹き飛んだ。

◆

轟く爆音。

紅蓮の焔が一瞬にして廊下を呑み込み、すべてを灰に帰した。

「巨人さえ葬る〈第三階梯〉の魔術。人間相手に、少しやりすぎましたかねえ」

微笑する青年ネファケスの神官服には、すす一つ付着していない。

「さてさて、招かれざる塵虫共は、あと何匹いるのやら――」

たちこめる黒煙を軽く手で払いのけ、歩き出そうとして――

「……うん？」

と、足を止め、訝しげに眉を顰める。

火の粉の舞い散る、その向こうに――

ローブ姿の骸骨が姿を現したのだ。

「……な、に……？」

「ふん、老骨にはなかなかこたえるのう」

骸骨の突き出した杖の尖端に、青く輝く魔力の障壁がそびえ立っている。

〈魔力の壁〉――高位の魔術師のみが使える、第四階梯の防御魔術だ。

「……〈スケルトン〉、だと？」

「カカカ、スケルトンなどと一緒にされては困るのう、若造よ」

ローブ姿の骸骨は不気味に嗤った。

「わしは最高位のアンデッド――〈エルダーリッチ〉よ」

「……なっ⁉」

ローブ姿の骸骨が杖を振るった。

杖が輝き数十本もの魔力の矢が放たれる。

「……っ、馬鹿な、高位のアンデッドだと？」

ネファケスは咄嗟に防御呪文を唱え、魔力の矢を弾き飛ばした。

「なぜ、アンデッドなどが——」

「ふん、主の命を狙うとは、不届き千万な奴よ——」

と、今度は影の中から、剣を手にしたスケルトンが出現した。

「いったい、何者の差し金か……」

更にその背後から、鉄球を手にした大柄なスケルトンが現れる。

「……っ⁉」

「それがしは氷獄の剣士アミラス」

「我が輩は地獄の闘士ドルオーグ」

「わしは冥界の法術士ネフィスガル」

三体のスケルトンは前に進み出て、

「「「——我ら、栄光のログナス三勇士！」」」

ポーズを取りつつ、一斉に唱和した。

「……っ、なんだ？　このアンデッドどもは、一体……」

ネファケスの目に困惑の色が浮かぶ。

巫山戯た連中だが、ただのアンデッドの気配ではない。

それぞれが英雄クラスの、歴戦の戦士であると直感する。

と――

その三体のスケルトンの背後で、立ち上がる影があった。

逆巻く炎の中で、激しく揺れる白銀の髪。

先ほどの呪文で消し飛ばしたはずの、〈聖剣士〉の少女だった。

「……ありがとう、助かったわ」

「なに、貴女は主君の大切な方ですからな」

法術士ネフィスガルがカカカ、と嗤う。

「して主よ、この狼藉者に心当たりはありますかな？」

「……わからないわ」

「ふむ。しかし、かなりの手練れと見える。主はお逃げくだされ」

リーセリアはネファケスの姿を見て、首を横に振った。

スケルトンの剣士アミラスが言った。

「――逃がしませんよ」

と、ネファケスはよく通る声で言った。

「ただの塵かと思えば、なかなかどうして、それほどの高位アンデッドを使役する人間、興味がわきました。あなた、何者です？」

唐突に、気配が変わった。

ネファケスが指先を伸ばし、呪文の言葉を紡ぐ。

その場の空気がビリビリと震える。

「人間の魔術師には到達し得ない、〈第六階梯魔術〉です。防ぎきれますか？」

形のよい唇が酷薄に歪んだ。

「姫君よ、我が輩の後ろに——！」

闘士ドルオーグが叫び、前に飛び出そうとするが——

「——セリアさんっ！」

「……っ！」

少年の叫ぶ声が聞こえ——

ドオオオオオオオオオオンッ！

リーセリアの背後より放たれた炎の魔術が、ネファケスを呑み込んだ。

「……レオ君？」

と、背後を振り向くリーセリア。

そこにいたのは、〈封罪の魔杖〉を手にしたレオニスだった。

◆

「レ、レオ君……」

蒼氷(アイスブルー)の目を見開き、驚くリーセリア。

通路の後ろから現れたレオニスは——

「無事、でしたか……」

と、ほっと安堵(あんど)の息をこぼす。

護衛に付けた〈ログナス三勇士〉が、彼女を守ってくれたようだ。

「なにがあったんです？　あいつは一体——」

「……わからないわ」

リーセリアは首を横に振る。

レオニスは炎の揺らめく通路の前方に視線を戻した。

先ほど放ったのは、第三階梯の爆裂魔術だ。並の人間であれば灰も残るまい。

（……しくじったな、手加減を忘れてしまった）

胸中で自身のミスに舌打ちする。

この眷属(けんぞく)の少女のこととなると、少し冷静さを欠く傾向があるようだ。

と——

「く、くくく、く……」

「……!?」

炎の中から、笑い声が聞こえた。

「まだお仲間がいましたか。いまのは、なかなかの威力でしたよ」

ゆらり、と炎の中に人影が立ち上がる。

姿をあらわした神官服の青年は、穏やかに微笑み、肩の煤を払う。

その男の顔を見た、瞬間――

(――なっ!?)

レオニスは思わず、目を見開いた。

(……っ、どういうことだ?　なぜ奴がここにいる!?)

だが、男はレオニスの反応にはとくに興味をしめさない。

「はは、驚きましたか?　まあ、普通の人間であれば、灰になっていたでしょうね」

そんな的外れなことを口にしつつ、彼は片腕を伸ばす。

「残念ですが、あの程度の攻撃で、私を殺すことはできません」

呪文を唱えると、その指先に激しい炎が生まれた。

(……っ、魔術――やはり、こいつは――)

待て、とレオニスが声を発しようとした、その時だ。

ズンッ――！

足もとの床が縦に激しく揺れた。

「なんだ？」「なに!?」

レオニスとリーセリアが同時に叫ぶ。

ゴゴゴゴゴゴゴゴゴゴゴゴゴゴゴゴ……！

揺れはますます激しくなり、館そのものを揺るがすような大震動となる。

レオニスは思わず踏鞴を踏んだ。

「ぬ、これは一体！」「て、天変地異ですぞ！」「主をお守りしろ！」

スケルトンの戦士たちもおろおろと慌てた様子で叫ぶ。

（……地震？　いや、ここは〈海上移動都市〉だぞ）

では、奴がなにかしたのか――？

壁に手を着きつつ、顔を上げる。と――

「……く、くくく……くく……は、はははは、はぁーっはっはっは！」

男は嗤っていた。

両手を広げ、歓喜に満ちた表情で、天を仰いでいる。

「……なにが可笑しい？」

レオニスが訝しげに問い質すと――、

男はぴたり、と嗤うのを止めた。

「彼女が目覚めたのですよ。喜ぶのは当然でしょう」

「……彼女？」

「ええ、おおいなる〈女神〉が、その器たる〈聖女〉の中で目覚めたのです！」

青年は歓喜の表情を崩さぬまま、天に両手を掲げた。

「……女神？　女神だと？」

レオニスは問い質そうと踏み出すが、

――その瞬間。

ピシリ――と、男の顔に亀裂がはしる。

ピシッ――ピシピシッ――ピシッ――！

（……なに？）

男の全身に広がるその亀裂は、まるで――

「……ふむ、頃合いのようですね。まあ、いいでしょう」

身体中を亀裂に蝕まれながらも、平然と、その男は言った。

「〈女神〉の再臨をこの目で見ることができないのは残念ですが、しかたありませんね。ここでの役目は果たしたことですし――」

ピシッ――ピシッ――ピシピシッ――

全身に走る無数の亀裂が、その男の肉体を虚空に呑み込んでゆく。

「……っ、待て！」「待ちなさい！」

レオニスとリーセリアは同時に駆け出すが――

「あなたがたには、〈女神〉の最初の贄になっていただきましょう」

その姿は虚空に呑み込まれ、完全に消滅してしまった。

……震動はまだ続いている。

跡形もなく消えた空間を前に、リーセリアは呆然と立ち尽くす。

「あれは、一体なに……？　それに、女神って――」

「……わかりません」

短く首を振るレオニス。だが――

（……どういうことだ？）

と、その胸中では無数の疑問が渦巻いていた。

神官服を着た白髪の優男。

あの男を、レオニスは知っている。

（間違いない、奴は――）

ネファケス・レイザード。

〈叛逆の女神〉に仕えし八魔王の一人――〈異界の魔神〉アズラ＝イルの腹心だ。

（……〈八魔王会談〉で何度か見かけたことがある）
戦場には一切姿を現さず、常に影のように控えていた男だ。
（今の俺の正体に気付かなかったようだが……）
なぜ〈魔王〉の腹心が、この時代の、この場所にいるのか——
（それに、奴はたしかに〈女神〉と——）
レオニスが思考の海に沈み込んでいると、
「レオ君、見て——！」
リーセリアが窓の外を見て、声を上げた。
〈セントラル・ガーデン〉の中心部から、なにか巨大なものが現れようとしていた。

第八章　堕神礼賛

Demon's Sword Master of Excalibur School

唸(うな)るような轟音(ごうおん)。巨大な人工島全体が鳴動している。

暗雲の垂れ込める廃都の空に響く、歌声。

その美しい歌声は、いにしえの〈神聖教団〉に伝わる聖賛歌だ。

〈第〇三戦術都市(サード・アサルト・ガーデン)〉——〈セントラル・ガーデン〉軍事特区の最下層。

対ヴォイド決戦機動要塞の心臓部とも云(い)えるその場所に——

地響きを立て、何層もの地下隔壁を砕きながら、それはゆっくりと浮上する。

引きずり出される無数のケーブル群。無造作に取り付けられた、対ヴォイド用兵器。

その怪物の先端部分が地上に現れただけで、周囲の地面が一気に沈下し、高層ビルの廃墟(はいきょ)が雪崩をうったように倒壊した。

「……あれは、まさか〈ヴォイド・ロード〉……なの？」

公邸の外に走り出たリーセリアは、唖然(あぜん)として立ち尽くした。

浮上して、地上を睥睨(へいげい)するように見下ろす、巨大な都市構造物の集積体。

その全長は、目測で八十メルト以上はあるだろう。まるで太古の大聖堂のようだ。

巨大構造物の頭頂部には、眩(まばゆ)い輝きを放つ結晶体が嵌(は)め込まれている。

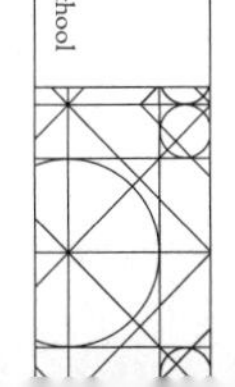

そして、その結晶体になかば溶け込むように——

真っ白な肌をした、女の姿があった。

（〈聖女〉——ティアレス・リザレクティア）

レオニスは胸中で、宿敵の名を呟(つぶや)いた。

あれこそが、〈光の神々(ルミナス・パワーズ)〉の祝福により、無限の進化を果たした〈六英雄〉。

その奇跡の力により、〈魔力炉〉と融合を果たした姿だ。

（いや、〈魔力炉〉というよりは、この〈第〇三戦術都市(サード・アサルト・ガーデン)〉そのものと——か）

〈第〇七戦術都市(セヴンス・アサルト・ガーデン)〉に現れた〈大賢者〉アラキール・デグラジオスも、都市の地下にある〈魔力炉〉との融合を目論(もくろ)んでいた。あるいは、都市そのものと有機的に融合したあの姿こそ、アラキールの望んだ真の姿であったのかもしれない。

「〈魔力炉〉を、取り込んでいるわ！」

「ええ。あの亡霊たちの話は、真実だったようですね」

レオニスは、その巨大な〈ヴォイド・ロード〉の姿を、じっと見据えた。

あの男の口にした言葉が、頭の中にこびりついて離れない。

（ネファケス・レイザード……奴(やつ)は確かに〈女神〉と口にした）

〈女神〉——奴は、あの〈ヴォイド・ロード〉のことを、そう形容したのだろうか。

そう単純に考えるには、違和感があった。

（……違う。あれは〈聖女〉であって、〈女神〉ではない）

レオニスは胸中で首を振る。

なにより、〈六英雄〉の〈聖女〉ティアレスは、〈魔王軍〉にとっての宿敵だ。

〈異界の魔神〉アズラ＝イルの腹心であったあの男が、間違っても、仇敵（きゅうてき）である〈六英雄〉を〈女神〉と呼称することはあり得ない。

太古の神々の中に女神は多く存在したが、こと〈魔王軍〉の中にあって、〈女神〉と呼ばれるのはただ一人、彼女しかいない。

〈光の神々（ルミナス・パワーズ）〉に叛旗を翻した〈叛逆（はんぎゃく）の女神〉――

――ロゼリア・イシュタリス。

（……どういうことだ？　なぜ、奴はあの化け物を〈女神〉などと――）

〈ヴォイド・ロード〉の歌声が、灰色の空に響き渡る。

世界を祝福するような、呪うような聖歌が。

と、白い女の身体（からだ）と融合した〈魔力炉〉が、激しい光を放った。

「……っ、なにを――」

リーセリアが口を開いた、瞬間。

〈魔力炉〉の光が、一条の閃光（せんこう）となって空に放射される。

ズオオオオオオオオオオンッ！

閃光（せんこう）は、廃都を覆う雲を一瞬で吹き散らし――

付近の海域一帯を、快晴の青空へと変えた。

大気の震動がレオニスたちのいる場所にも伝わり、砂礫を激しく舞い上げる。

雲一つない、空の下。

陽光が、〈ヴォイド・ロード〉の覚醒を祝福するように、廃都に降りそそぐ。

「……っ、そん……な……」

リーセリアが愕然（がくぜん）とした顔で、息を呑（の）んだ。

あれが空ではなく、地上に放たれていれば、数区画が消し飛んでいただろう。

「あんなのが、〈第〇七戦術都市（セヴンス・アサルト・ガーデン）〉に到達したら……」

〈聖剣学院〉は、多くの〈聖剣士〉を擁している。しかし、どれほど数がいたところで、あれほどの化け物に対抗できるかどうか――

「……止めないと」

リーセリアは拳を握り締め、決然として言った。

「待ってください、死にに行く気ですか？」

衝動的に走り出そうとする彼女の手を、レオニスは咄嗟（とっさ）に掴（つか）んだ。

「でも……あれを止めなきゃ、また……また、みんなが――」

彼女の脳裏にあるのは、六年前の〈大狂騒（スタンピード）〉の記憶、なのだろう。

その過去が、普段の冷静さを失わせている。

「――僕が行きます」

と、レオニスは言った。

「レオ君？」

「セリアさんは、ここでレギーナさんたちを待って、合流してください」

顔を上げ、〈魔力炉〉と融合した〈ヴォイド・ロード〉に視線を向ける。

レオニスとしても、あれを無視することはできない。

ティアレス・リザレクティアは〈魔王軍〉の仇敵であり、〈大賢者〉アラキールと同じように、レオニスの〈王国〉である〈第〇七戦術都市〉を蹂躙しようとしている。

――それに、確かめなければならない。

（……奴の口にした、〈女神〉という言葉の意味を）

レオニスは、リーセリアの背後に侍る三体のスケルトンに目を向けて、

「アミラス、ドルオーグ、ネフィスガル、ここで彼女を護衛せよ」

「「「――心得ました」」」

スケルトンの英雄たちは唱和して、リーセリアの影の中に潜んだ。

「レオ君、わたしも行くわ！」

「危険です、諦めてください」

レオニスは静かに首を振る。

たしかに、リーセリアの成長には目を見張るものがある。

いずれは〈吸血鬼の女王〉として、不死者の軍勢を率いる日も近いだろう。

しかし、彼女にはまだ未熟なところがあるのは否めない。

「レオ君……」

リーセリアは膝を屈め、レオニスの目をまっすぐに見つめてくる。

レオニスは思わず、ドキッとしてしまうが——

「——六年前のあの日、わたしは何もできなかった」

その声が、微かに震えているのに、レオニスは気付く。

「お父様たちが、クリスタリアの騎士の皆が、決死の覚悟で〈ヴォイド〉と戦っているあいだ、ただシェルターの中で震えて、空想の魔王に祈ることしか——」

リーセリアは唇を噛みしめ、押し殺すような声で言った。

「もう二度と、あんな思いはしたくない。レオ君を一人では行かせない」

両手でレオニスの頭をぎゅっと抱きしめる。

「セリア、さん……」

子供のように抱きすくめられながら、レオニスは、

(……参ったな)

と、胸中で独りごちる。

彼女は覚悟を決めている。レオニスのどんな言葉でも動くまい。

（聡明だが、頑固なところもある。まあ、それも美点と言えるか）

苦笑して、そんな採点をするレオニス。ブラッカスなどが聞けば、マグナス殿は眷属に甘すぎるな、と指摘が入るところだろうが。

「わかりました。僕と一緒に来てください」

「……レオ君！」

「今回だけですよ」

レオニスは嘆息した。どのみち、あの〈ヴォイド・ロード〉が存在する以上、この廃都のどこにいたところで、危険であることに変わりはない。であれば、レオニスのそばにいたほうが、かえって彼女を守れるとも言えるだろう。

と、彼方に見える〈ヴォイド・ロード〉が、ゆっくりと移動をはじめた。

「急ぎましょう。館の裏に二人乗りの〈ヴィークル〉があるわ」

◆

破損した瓦礫の道を走る軍用ヴィークル。その荷台の上で――

「……っ、あれは、なんです⁉」

ツーテールの金髪を振り乱し、レギーナが悲鳴のような声をあげた。

ブリッジで連結された、中央の〈セントラル・ガーデン〉。

その上空に現れた、奇怪な巨大構造物を指差して──

「──〈ヴォイド・ロード〉よ」

前の座席でハンドルを握るエルフィーネが、緊迫した表情で言った。

彼女の頭上では、情報を解析する〈宝珠〉が稼働している。

「え？」

「〈第〇七戦術都市(セヴンス・アサルト・ガーデン)〉を襲ったものと同等、あるいはそれ以上の──」

「……〈ヴォイド・ロード〉か」

と、昏い瞳をした咲耶(さくや)が呟(つぶや)く。

「じゃあ、セリアお嬢様の報告は──」

「ええ、正しかったようね」

ヴィークルが段差に乗り上げ、タイヤが大きく跳ねた。

エルフィーネは、前方に見える巨大構造物を鋭く睨(にら)み据える。

「これは、調査どころではないわね。すぐに撤退して、学院に報告しないと」

「でも、〈セントラル・ガーデン〉には、まだセリアお嬢様と少年が──」

「──わかってるわ」

ハンドルを強く握り込みつつ、エルフィーネは唇を噛(か)んだ。

安全を考えるなら、対〈ヴォイド〉用交戦マニュアルに従い、撤退すべき状況だ。

けれど、彼女は一度、調査任務の最中に二人の仲間を失っている。その時、聖剣〈天眼の宝珠(アイ・オヴ・ザ・ウィッチ)〉の本来の力も失うこととなった。

(もう二度と、あんなことは繰り返させない──!)

エルフィーネはアクセルを踏み込んだ。

どのみち、あんな化け物がいては、〈戦術航空機〉で脱出することも不可能だ。

(……っ、どうすれば……)

と、激しく揺れる荷台の上──

アルーレ・キルレシオは、〈ヴォイド・ロード〉の姿をじっと睨み据えていた。

「ロゼリア・イシュタリス、まさか〈六英雄〉に転生するなんて──」

◆

「レオ君、しっかり掴(つか)まって!」

「は、はい!」

答えて、レオニスは、リーセリアの腰に回した手に力をこめた。
華奢な彼女の背中に額を押しあてる。
風に煽られる白銀の髪が、レオニスの頬を嬲る。
二輪型ヴィークルの魔導モーターが唸りを上げ、散乱する瓦礫を蹴散らした。
舌を噛まぬよう歯を食いしばりつつ、レオニスは彼女の背中にしがみつく。
吹き抜ける強風の中、わずかに目蓋を開け、空を見上げた。
〈聖女〉の〈ヴォイド・ロード〉は、上空を滑るように移動している。
「このままじゃ、追いつけない。ちょっと危険だけど、ハイウェイに上がるわ！」
叫んで、リーセリアはまだ崩落していないハイウェイに侵入する。
レオニスは振り落とされぬよう、彼女の腰をしっかりと掴んだ。
（……こ、これは、不可抗力だからしかたない）
女の子の身体の柔らかさに赤面しつつ、心の中でそんな言い訳をする。
と――
――ピシッ――ピシピシッ、ピシッ――――！
「……っ⁉」
虚空に、無数の亀裂がはしった。
「――〈ヴォイド〉⁉　レオ君、気をつけて！」

――ピシッ、ピシピシッ、ピシッ、ピシピシッ――

亀裂の数は爆発的に増え、ハイウェイのいたるところを埋め尽くす。

その裂け目から現れたのは――

廃墟(はいきょ)の屋上に現れたのと同じ、どこか人の姿を残した〈ヴォイド〉の群れ。

「クリスタリア騎士団の、亡霊……」

轟々と唸る風の中、レオニスは苦しげな彼女の声を聞く。

〈聖女〉の権能により復活した、この〈ヴォイド〉の軍勢は、六年前、最後まで〈第〇三戦術都市(サード・アサルト・ガーデン)〉を守り戦った、誇り高き騎士たちのなれの果てだ。

「……っ、こ、の……！」

リーセリアの白銀の髪が、魔力を帯びて凄烈な光を放つ。

それは、騎士達の魂を穢(けが)した〈ヴォイド・ロード〉への怒り。

六年前、彼女からすべてを奪い去った、理不尽な運命すべてに対する怒りだ。

裂け目より現れた〈ヴォイド〉の群れが、ヴィークルの前に立ちはだかる。

「魔の夜に閃く黒雷(こくらい)よ、彷徨(さまよ)える魂を打ち砕け――〈暗黒極雷陣(ヴラス・レイアー)〉！」

リーセリアの腰に片手で掴まりつつ、レオニスは第六階梯(かいてい)の殲滅(せんめつ)魔術を唱えた。

ほとばしる漆黒の雷が、〈ヴォイド〉の群れを一瞬で蒸発させる。

「セリアさん、申し訳ありませんが、あの〈ヴォイド〉は、もう――」

「……うん、わかってる」

押し殺したような返事。

「お願い。せめて、囚われた魂を解放してあげて」

「――はい」

頷いて、レオニスは再び呪文を唱える。

中途半端に倒しただけでは、その魂はまた廃都を彷徨うことになるだろう。

だから、第五階梯以上の高位魔術で、魂の欠片さえ残さずに消滅させる。

「我が手に出でよ、炎を喰らいし真なる焔――〈極大消滅火球〉！」

第八階梯の火炎呪文が、いままさにこの世界に現れようとする〈ヴォイド〉の群れを、虚空の裂け目ごと焼き尽くした。

破壊の音の轟くハイウェイを、二輪ヴィークルは風を切って直進する。

――と、その時。ふと、レオニスは気付く。

廃都に響く〈神聖教団〉の聖賛歌が、鳴り止んでいることに。

（……なんだ？）

嫌な予感がして、レオニスはハッと〈ヴォイド・ロード〉に視線を移す。

聖歌のかわりに聞こえてきたのは、なにか呪文を唱えるような声。

そして――

〈聖女〉の頭上に、空を覆い尽くすほどの魔術方陣が出現する。

（……っ、あれは――！）

次の瞬間。無数の魔術方陣から、燃えさかる隕石の雨が降りそそいだ。

◆

ドウンッ、ドドドドドドドウンッ、ドウンッ、ドドドドドドウンッ！

降り注ぐ火の雨が、廃都の空を埋め尽くした。

爆音が大気を震わせ、〈セントラル・ガーデン〉に無数の火柱が噴き上がる。

世界の終わりのようなその光景に――

「……っ、な……なにが、起きたの？」

エルフィーネは愕然(がくぜん)として呟(つぶや)く。

「あれは、第十一階梯の広域殲滅(せんめつ)魔術〈天星の神罰(イオ・ネメシス)〉――化け物め」

アルーレ・キルレシオが苦々しく独りごちた。

「……っ、セリアお嬢様、少年、聞こえますか！」

レギーナは何度も通信を試みているが、二人の返事はない。

あの爆発に巻き込まれ、〈宝珠〉も消し飛んでしまったのかもしれない。

瓦礫の道を抜けたヴィークルは、〈セントラル・ガーデン〉へ続くブリッジを走る。

火柱は消えたものの、大量に舞い上がった塵が視界を覆い隠している。

と、不意に。

「フィーネ先輩、来るぞ――」

咲耶が口を開き、その手に〈聖剣〉――〈雷切丸〉を顕現させた。

「え？」

ピシリ――と、虚空に大きな亀裂が生まれる。

最初、エルフィーネは窓ガラスが割れたのだと思った。

だが、すぐに気付く。それが、この世界への虚無の侵蝕であることに。

刹那。その裂け目の向こう側から、無数の灰色の腕が突き出した。

「……っ!?」

危うくブレーキを踏みそうになるが、すんでで思いとどまる。

ここで止まれば、全員〈ヴォイド〉の餌食になるだけだ。

「みんな、しっかり掴まって――」

アクセルを最大まで踏み込んで、更に加速した。

眼前〈ヴォイド〉をはね飛ばし、連結ブリッジを一気に走り抜ける。

だが、ヴィークルの進路上に現れる裂け目は、加速度的に増えはじめる。

「……っ、これは、〈大狂騒(スタンピード)〉の兆候です……！」

レギーナが聖剣〈竜撃爪銃(ドラグ・ストライカー)〉を構え、襲い来る〈ヴォイド〉を撃ち抜いた。

「先輩、上からも来るぞ！」

頭上の裂け目から飛び移って来る〈ヴォイド〉を、咲耶が次々と斬り伏せる。

そんな修羅場の中——

アルーレ・キルレシオは剣を手に、彼方(かなた)の〈ヴォイド・ロード〉を睨(にら)み据えた。

吹き付ける風が、彼女の新緑色のポニーテールの髪をなびかせる。

「座っててください、危ないですよ！」

レギーナが警告の声を発するが、

「——ねえ、お願いがあるの」

と、アルーレは〈セントラル・ガーデン〉のほう見据えたまま、言った。

◆

無惨に崩れ落ちたハイウェイの残骸(むくろ)。あたりの廃墟(はいきょ)は粉々に打ち砕かれ、更地になった地面には無数のクレーターが生じていた。

「第十一階梯(かいてい)の神聖魔術——〈天星の神罰(イオ・ネメシス)〉か。なかなかの威力だな」

その凄まじい破壊の中心で――

防御魔術〈力場の障壁〉を展開したレオニスが、吐き捨てるように言った。

視線を巡らせると、近くに潰れた二輪ヴィークルの残骸がある。

召喚された無数の小隕石は、〈ヴォイド〉ごと、あたり一帯を吹き飛ばしたようだ。

この破壊魔術は、レオニスたちに向けて放たれたものではない。

あの〈聖女〉は、こちらの存在など歯牙にもかけていないだろう。

「大丈夫ですか、セリアさん――」

「……う……う、ん……」

と、背後でリーセリアが頭を押さえつつ呻く。

ヴィークルから投げ出されたときの衝撃で、少し朦朧としているようだ。

レオニスが〈力場の障壁〉を唱えるのがあと少しでも遅れていたら、たとえ〈吸血鬼の女王〉といえど、無事では済まなかっただろう。

レオニスは粉塵の舞い上がる空を見上げた。〈ヴォイド・ロード〉――ティアレス・リザレクティアは、再び移動を始めようとしているようだ。

(――〈セントラル・ガーデン〉から、外部エリアへ移動するつもりか)

レオニスは重力制御の呪文を唱え、ふわりと飛び上がる。

そして、地面に斜めに刺さったハイウェイの残骸の上に降り立った。

大魔術を詠唱する。

不敵に嗤うと、〈封罪の魔杖〉を両手に構え、大魔術を詠唱する。

「灰は灰に、塵は塵に、滅びの定めにしたがえ――〈闇獄爆裂光〉」

魔杖の尖端に光の魔術法陣が発生し――

単独の敵に対しては最強クラスの破壊力を誇る、第十階梯魔術が炸裂する。

ドオオオオオオオオオオオオオオオオオンッ！

膨れ上がる爆裂球。

轟音が地面を揺らし、対象を塵も残さず消滅させる。

下級の神々であれば、その根源存在ごと滅ぼしてしまえるほどの大魔術だ。

舞い落ちる火の粉。吹き戻しの熱風がレオニスの頬を炙る。

だが――

〈ヴォイド・ロード〉のその巨大な影は、炎の中に傲然とたたずんでいた。

対〈ヴォイド〉用兵器と融合した装甲は無惨に剥がれて溶け落ちるが、その内部で蠢く白い触手のような肉は、淡い魔力光を放ちつつ、たちまち再生してしまう。

（……ティアレス・リザレクティアの治癒の力、か）

あの化け物は、第十階梯の破壊魔術さえ、意に介さぬようだ。

耳障りな聖賛歌を奏でながら、ゆっくりと移動を再開する。

〈〈大賢者〉には、多少の理性が残っていたようだが――〉

アラキール・デグラジオスは、腐っても賢者だったということか。

虚無に侵された〈聖女〉には、わずかな知性さえ残っているようには見えない。

〈――やはり、考え過ぎだったようだな〉

レオニスは確信を抱くと共に安堵する。

あの〈ヴォイド・ロード〉に、〈女神〉ロゼリア・イシュタリスの転生体が宿っているなどと、少しでも、そんな可能性を疑ったのが愚かだった。

あのような知性のない化け物に、気高き彼女の魂が転生するはずもない。

〈しかし、だとすると、奴の口にした〈女神〉とは、一体なんだ?〉

まあ、なんにせよ――

〈ヴォイド・ロード〉の覚醒に、奴が関わっているのは間違いあるまい。

〈まあいい、奴はいずれ俺の前に引きずり出してやる。いまは――〉

レオニスは〈封罪の魔杖〉の柄を握った。

「〈六英雄〉の〈聖女〉――ティアレス・リザレクティア。虚無に堕ちた、哀れなる人類の英雄よ。この俺が、今度こそ貴様に永遠の滅びを与えてやろう」

そのまま柄を回転させ、竜の宝珠の嵌め込まれた尖端を外す。そして――

杖に封印された〈魔剣〉を抜き放つ。

――汝は、天より授けられし、世界を救済する剣。（汝は、天に叛逆する為に生み出されし、世界を滅ぼす剣）

――神々に祝福されし、聖なる剣。（女神に祝福されし、魔なる剣）

〈聖女〉ティアレス・リザレクティアは、復活の権能を宿した〈六英雄〉。

〈不死者の魔王〉（アンデッド・キング）であった頃ならばいざ知らず、十歳の少年になってしまった、今のレオニスの魔術では、完全に消滅させるのは難しい。

ならば、この〈魔剣〉を抜くよりほかあるまい。

〈女神〉ロゼリアに授かった、神々を滅ぼすためのこの剣を。

〈魔剣〉の封印を解く条件、彼自身の〈王国〉を守る――は満たしている。

杖の中に封印された〈魔剣〉の刃（やいば）が、禍々（まがまが）しい輝きを放った。

〈魔剣〉の放出する、その恐るべき力に反応してか――

それまで、レオニスの存在を認識さえしていなかった〈聖女〉の〈ヴォイド・ロード〉が、ゆっくりとこちらを振り向く。

〈ようやく気付いたか。だが、もう遅い――〉

溢（あふ）れる闇の光を制御しつつ、レオニスは〈魔剣〉を抜き放つ。

闇に堕ちたる其の銘は――魔剣〈ダーインスレイヴ〉。

手にした〈魔剣〉を、レオニスは両手に構えた。

「――滅びよ、〈六英雄〉！」

魔力を込めて、振り下ろそうとした、その刹那。

（……っ、なに!?）

リイイイイイイイイイイイイッ――！

魔剣〈ダーインスレイヴ〉が、啼くような音を発した。

（……〈ダーインスレイヴ〉が、共鳴しているだと!?）

レオニスは動揺する。

アラキール・デグラジオスと対峙した時とは、明確に違う反応だ。

（……っ、まさか……いや、そんなはずは――！）

その一瞬の動揺が、〈魔剣〉の制御を失わせる。

――と、その刹那。〈ヴォイド・ロード〉の〈魔力炉〉が眩い閃光を放った。

（しまっ――）

視界を埋め尽くす真っ白な光刃が、レオニスの身体を貫いた。

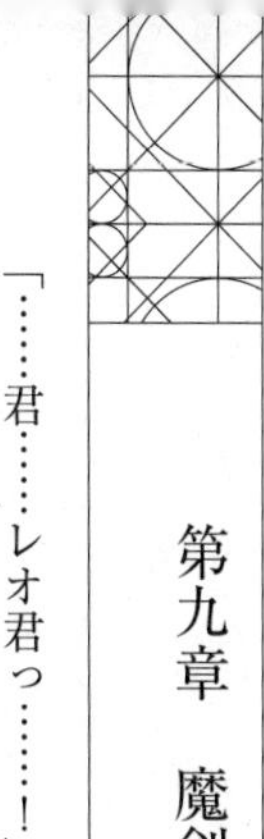

第九章　魔剣の使命

Demon's Sword Master of Excalibur School

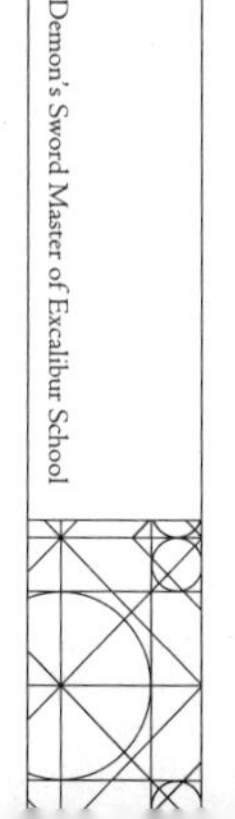

「……君……レオ君っ……！」

必死に叫ぶ声が聞こえる。

「……っ、ぐっ……う……」

仰向けのまま目を開けると、リーセリアの顔が間近にあった。

輝く白銀の髪。涙で潤んだ蒼氷(アイスブルー)の瞳。

（……ああ、美しいな、俺の眷属(けんぞく)は）

と、レオニスは、そんな場違いなことを思う。

「……くっ……あっ……！」

身をよじると、脇腹に焼けるような激痛が走る。

〈ヴォイド・ロード〉の放った光刃(こうじん)を回避しきれず、地面に投げ出されたようだ。

抉られた傷口から赤い血があふれ、地面に血だまりをつくる。

（人間の身体とは、こんなに脆(もろ)いのか……まったく、度し難い……）

喘(あえ)ぐように息を吐き出しつつ、レオニスは胸中で呻(うめ)いた。

全身の力が急速に抜けていくのがわかる。

〈不死者〉の肉体になってからは、ひさしく忘れていた感覚だった。

「レオ君、大丈夫⁉　レオ君っ――」

リーセリアの声を遠くに聞きつつ、レオニスは自身の右手に目を向けた。

なかば意識を失った状態でも、〈ダーインスレイヴ〉は手放さなかったようだ。

当然だ。この剣は彼女から預かった、形見でもあるのだから。

〈魔剣〉の刃は、まだ微かに闇の光を放ち続けている。

（……〈女神〉の生み出した剣である、〈ダーインスレイヴ〉が共鳴した）

――それはつまり、何を意味するのか？

あの〈ヴォイド・ロード〉の中に――

（〈女神〉の魂が転生した……？）

レオニスが一〇〇〇年ものあいだ封印されてきたのは、彼女の転生した器である人間を、
その覚醒の刻まで守るためだ。

（……俺は、彼女との約束を守る為に、再びこの世界に甦った）

そう、約束したのだ。

――一〇〇〇年後の世界でも、きっと彼女を見つけてみせる、と。

だが、彼女が、あの虚無の怪物の中に転生してしまったのだとすれば――

（……俺は……なんの、ために……）

〈ヴォイド・ロード〉が、ゆっくりとこちらへ迫ってくる。

距離が近付くにつれ、〈魔剣〉の共鳴もまた、強まっているようだ。

「……逃げて、ください……セリアさん……」

血を失い、遠ざかる意識の中で、レオニスは口を開いた。

彼女だけは、俺のせいで眷属にしてしまった彼女だけは、せめて救わなければ。

「レギーナさんたちと合流して、脱出を……」

「レオ君！」

リーセリアは叱るように叫んだ。

片膝を地面に着き、ぐったりと脱力したレオニスの上に覆い被さる。

「なに……を――うっ……」

レオニスの首筋に、甘い疼痛が走った。

リーセリアが小さな犬歯を突き立てたのだ。

「血は、もう吸ったでしょう……」

レオニスは苦笑するように呟いて――

……違う――と、気付く。

彼女は吸血しているのではなく――

（……俺に、血を分け与えて……しているのか……）

心臓が鼓動する。身体の中に、彼女の血がめぐるのがわかる。

眷属の少女の健気な行為に、心が熱くなるのを感じるが――

(――俺は……もう……)

レオニスの意識は、闇の中へ堕ちてゆく――……

◆

「……お願い？」

アクセルを限界まで踏み込みつつ、エルフィーネが後ろを振り返る。

アルーレ・キルレシオは、前方の〈セントラル・ガーデン〉を指差して、

「一番高い、あの塔。あたしを、あそこに連れて行って欲しい」

その視線の先には、まだ無事な姿を残している高層ビルの廃墟があった。

「あそこに行って、どうするんです？」

前方の〈ヴォイド〉を撃ち抜きつつ、レギーナが叫んだ。

「あの化け物は、あたしが倒すわ」

レギーナはエルフィーネと顔を見合わせる。

「倒すって……〈ヴォイド〉の統率体ですよ」

「わかってる。あたしは、あれを殺すためにここに来た――」

レギーナの前に剣を差し出して、アルーレはきっぱりと言った。

「それじゃあ、その剣は――」

ヴィークルの荷台に這い上ってくる〈ヴォイド〉を斬り捨てながら、咲耶が言う。

「ええ。あれを滅ぼすために生み出された聖剣よ」

アルーレの答えに、咲耶はこくっと頷いて、

「先輩、いいんじゃないか」

「咲耶――」

「どのみち、〈セントラル・ガーデン〉に行くことに変わりはないんだし、それに、地上でセリア先輩と少年を探すよりは、高いところから探したほうがいい」

「……それは、まあ、そうですね」

「わかった。アルーレ、あなたの〈聖剣〉の力、信じてみるわ」

「……期待には応える」

剣を手に、しっかりと頷くアルーレ。

「問題は、無事にここを渡りきれるか、だけど――」

増え続ける〈ヴォイド〉の群れは、まるで小規模な〈大狂騒〉のようだ。

――ピシッ――ピシピシッ、ピシッ――

その時。ヴィークルの前に、巨大な裂け目が生まれた。

「……なに⁉」

これまでの裂け目とは比較にならないほど、大きな裂け目だ。

その裂け目より現れたのは、輝く翼を持つ、巨人の像。

「……っ、マズい、あの〈天使型〉は――」

アルーレが叫んだ。

オオオオオオオオオオオオオオオオオッ――！

巨人は咆哮すると、その岩のような拳をヴィークルめがけて振り下ろす。

エルフィーネはハンドルを切るが、回避は間に合わない。

その〈ヴォイド〉が、あまりに巨大すぎるのだ。

「……っ⁉」

押し潰される。思わず、目を閉じたその瞬間。

――ヒュンッ！

その巨腕が、黒い鞭に絡め取られ、そのまま無造作に放り投げられた。

ドオオオオオオオオオオオオオンッ！

巨大な〈ヴォイド〉がブリッジの下の海に投げ込まれ、盛大な水柱が上がる。

「な、なんですか、いまの⁉」

「……わからないわ。けど――」

突破の機会は今しかない。〈天眼の宝珠〉の能力で、ヴィークルのリミッターを解除したエルフィーネが、限界を超えてアクセルを踏み込んだ。

◆

――走り去るヴィークルの、遙か後方。

ブリッジを支えるポールの上に、小柄な少女の人影があった。

少女が軽く手首を捻ると、ヒュッと影の鞭がその手に戻る。

少女は、黄昏色の瞳でヴィークルを見送ると、海のほうへ視線を向けた。

海面が盛り上がり、巨大な天使型〈ヴォイド〉が浮上してくる。

「――少しは、遊び甲斐のありそうな玩具ですね」

と、少女は指先を唇にあて、薄く微笑む。

「魔王様の忠実なるメイドであるわたくしが、お相手いたしましょう」

〈影の王国〉の暗殺メイドは、礼儀正しくスカートの裾をつまんで持ち上げた。

「……レオニス……ねえ、レオニス――」

闇の中で、声がする。少し幼く聞こえる、少女の声が。

少年の髪を優しく撫でる、細い指先。

――それは、何時の記憶だろう？

「約束して。遠い未来に、わたしが違う何かになってしまったら――」

と、彼女は悲しそうに微笑んで、

「その〈魔剣〉で、わたしを殺して欲しい」

「……っ、なにを言ってるんだよ！　そんなこと、出来るわけないだろ！」

少年は彼女の手を払いのけ、必死に叫んだ。

「わたしのお願いでも？」

「あたりまえだろ！　そんな……そんな、こと――」

目にいっぱいの涙をためて首を振る少年を、彼女はそっと抱きしめた。

「わかった。ごめんね、今の話は忘れて。けれど――」

と、彼女は少年の耳もとで囁く。

けれど、その時が来たら――

思い出して。わたしの願い、君の使命を。そして――

……そして、本当のわたしを見つけて。

君に授けたその〈魔剣〉が、きっと運命を導いてくれるから。

◆

（……夢では……ない。これは、俺の記憶だ――）

ドクン、と心臓が鼓動し、レオニスの意識は現実に引き戻される。

呼び起こされたのは、一〇〇〇年前の彼女との記憶――

ずっと忘れていたはずの、約束の記憶だった。

（なぜ、あの記憶を……？）

ハッとして、レオニスは目をあけた。

「……君……レオ、君……!?」

「セリア……さん……」

リーセリアの腕が、レオニスの頭を抱きしめている。

〈死都（ネクロゾア）〉の霊廟（れいびょう）で、目覚めたばかりの彼を抱きしめた、あの時と同じように。

首筋のあたりに残る、甘い痛み。

彼女に与えられた血と共に、身体（からだ）に魔力がめぐるのを感じる。

（……そうか。あの記憶は、もしかして……）

リーセリアは、もう何度も、レオニスの血と魔力を吸血している。
その血の中に、あの記憶の残滓が混在していたとしても不思議はない。
その血を戻されて、記憶が甦った——そんなことがあり得るだろうか。
半信半疑ではあるが、レオニスにはそれしか思いつかなかった。
遠い昔に交わした、〈女神〉ロゼリアとの約束——それを忘れていた。
否、彼女がレオニスの記憶に封印をほどこしたのだ。
時が来れば封印が解け、その使命を思い出すようにして。
もし、彼女が転生が失敗し、彼女でなくなってしまったら——
彼女の授けたその〈魔剣〉で、彼女を殺すこと。
(それが、彼女が俺に与えた、使命……)
レオニスは、共鳴を続ける〈ダーインスレイヴ〉を握りしめた。
〈女神〉は、その気高き魂が、〈ヴォイド〉に侵蝕される可能性を考えていたのか。
あるいは、その未来視の権能で、自身の未来を予見したのか。
(それが使命だというのなら——俺は、なんのために……)
「レオ君……」
と、震えるレオニスの背中を、リーセリアが優しく撫でる。
「——約束、したんです」

「うん」
吐き出すようなレオニスの呟きに、リーセリアはこくっと頷く。
「……どんな、約束？」
「きっと、彼女を見つけ出すって——」
あの日、レオニスは約束した。
遙か未来の世界でも、きっと彼女を見つけ出す、と。
きっと、本当の彼女を——
（……!?）
その時。不意に、頭を殴られるような衝撃が走った。
（……本当の、彼女？）
レオニスは、ハッとして目を見開く。
封印された記憶。その中で——
（……そうだ。彼女は、確かに言った）
『……本当のわたしを見つけて』と。
レオニスは、共鳴する〈ダーインスレイヴ〉の刃を見つめた。
記憶の中の彼女の声が甦る。
『——君に授けたその〈魔剣〉が、きっと運命を導いてくれるから』

〈魔剣〉が運命を導く。
それは、どういう意味なのか――
(……ロゼリアは、彼女自身を殺す武器として、この〈魔剣〉を俺に与えた)
もし、あの〈ヴォイド・ロード〉が本当に〈女神〉の転生体なのだとすれば――
彼女に対して、その刃が抜けるはずがない。
当然だ。彼女こそ、〈魔剣〉の真の支配者なのだから。
(……そうか。そういう、ことか……)
この〈魔剣〉の共鳴は、堕ちた偽神を討つための印。
ロゼリア・イシュタリスの真の魂を探すための道標だ。
(彼女が俺に与えた本当の使命、それは――)
レオニスは片方の手でリーセリアの腕を掴み、静かに立ち上がった。
「レオ君……?」
「もう、大丈夫です、セリアさん――」
と、レオニスは首を振り、迫り来る〈ヴォイド・ロード〉と対峙する。
――〈女神〉の魂を宿した、虚無の偽神と。
……オオオ……オオ、オオオオオオオオ……!
〈聖女〉の歌声が、人の姿をした〈ヴォイド〉の軍勢を呼び寄せた。

虚空に走る亀裂から、灰色の腕が無数に這い出してくる。
レオニスはリーセリアのほうへ向き直った。
「〈魔剣〉を使うあいだ、僕は無防備になります。守ってくれますか？」
「……うん。任せて、レオ君」
リーセリアが微笑して頷く。
〈ヴォイド〉に包囲されつつあるこの絶望的な状況で、彼女の瞳に恐れの色は無い。
（……それでこそ、俺の眷属だ）
レオニスは不敵に嗤った。
とはいえ、彼女一人で、これだけの数の〈ヴォイド〉を抑えるのは不可能だ。
レオニスは〈魔剣〉を真上に掲げ、
「――忠実なる〈死者の王国〉の軍勢よ、我が軍門に集結せよ！」
力強く命令の言葉を発した。
と、足もとの影が膨張し、あたり一帯の地面を黒く塗り潰す。
カタ、カタカタカタ、カタカタカタカタ……
その影の中から這い出てくるのは、何百、何千という骸骨兵の軍団だ。
第八階梯の対軍魔術――〈死者の軍勢〉。
しかし、召喚されるのは下級の骸骨兵。〈ヴォイド〉相手にはほとんど無力だ。

（この骸骨兵は、俺の魔力で動く人形にすぎん。だが――）

空っぽのその器に、気高き戦士の魂を憑依させれば、話は別だ。

〈不死者の魔王〉であるレオニスは感じ取っている。

この廃都に囚われた、クリスタリアの騎士たちの魂、その意志を。

戦士の魂は、リーセリア・クリスタリアと共に戦うことを望んでいる。

（であれば、その願い、〈魔王〉である俺が叶えてやろう！）

レオニスが〈死者の軍勢〉の支配権を解き放つ。

その瞬間。骸の兵の眼窩に真紅の光が灯り、軍勢がカタカタと嗤い出した。

すでに滅びた故国のために再び剣を手にする、その無情の歓びに。

「レオ君、これは……」

無数の骸骨兵に囲まれて、当惑した表情を見せるリーセリア。

……普通の少女であれば、その場で卒倒するような光景だ。

「クリスタリア騎士団の魂を憑依させました。セリアさんが率いてください」

「ええっ、わたしが⁉」

「お願いします。少しのあいだ、〈ヴォイド〉の軍勢を抑えてください」

「……わ、わかったわ！」

驚きつつも、すぐに生真面目な表情で頷く彼女。

白銀の髪が発光し、蒼氷の瞳が赤く染まる。
ほとばしる魔力が彼女の全身を包み、その身に美しい真紅のドレスを纏わせた。
〈誓約の血魔剣〉を構えた華麗なその姿は、〈吸血鬼の女王〉の名に相応しい。
リーセリアは、赤く輝く〈聖剣〉を掲げ、勇ましく叫んだ。
「――勇敢なるクリスタリアの騎士よ、わたしに続きなさい！」
騎士たちの魂を宿した骸骨兵の軍勢が、一斉にカタカタと歯を打ち鳴らした。

◆

〈ヴォイド〉と骸骨兵の入り乱れる戦場に、紅い華が舞い乱れる。
「はあああああああっ！」
〈真祖のドレス〉のスカートを翻し、リーセリアは敵のただ中に斬り込んだ。
禍々しく輝く〈聖剣〉の刃。
彼女が剣を振るうと同時、ほとばしる血が無数の刃と化して暴れ狂う。
この人型〈ヴォイド〉は、その魂を穢された、クリスタリアの戦士たちの亡霊だ。
だが、その真実を知ってなお、彼女の剣が鈍ることはない。
〈聖剣〉の刃にて、虚無に堕ちた魂を消滅させる。

それこそが、唯一の救いになると信じて――

乱舞する血の刃と骸骨兵の軍勢を従え、リーセリアは剣を振るう。

身体の内側から力が解放されるのを感じる。レオニスに与えられた〈真祖のドレス〉は、彼女の魔力を貪り喰らい、〈吸血鬼の女王〉の力を強制的に引き上げる。

（……っ、思った以上に消耗が激しいわ）

戦いが長引けば、すべての魔力を喰い尽くされかねない。

眼前の〈ヴォイド〉を斬り伏せつつ、彼女はレオニスのほうを振り返る。

レオニスは瓦礫の上に立ち、あの〈魔剣〉を空に掲げている。

その頭上には、黒く輝く小さな月が浮かんでいた。

（……あの月は、なに？）

怪訝に眉をひそめるリーセリア。

と、戦場に斃れた骸骨兵から眩い光が飛び出し、その月に吸収された。

飛び交う光を吸収するたび、その月はわずかに膨張する。

（あれは、クリスタリアの騎士の魂……？）

ハッとした、その時。

グオオオオオオオオオオオッ！

鋭い爪を振り上げた〈ヴォイド〉が飛びかかってくる。

「……っ！」

「──主殿！」

刹那。鎖付きの棘鉄球が〈ヴォイド〉の頭部を粉々に粉砕した。

鉄球を放ったのは、重甲冑を着込んだ、ひときわ大柄なスケルトンだ。

「油断召されるな、姫君よ──」

〈ログナス騎士団〉の闘士ドルオーグが、彼女を守るように立ちはだかる。

「左様、〈吸血鬼の女王〉の力は強大ですが、力を過信してはなりませぬ」

「それがしも共に戦いましょう」

法術士ネフィスガル、剣士アミラスも、彼女の横で武器を構える。

「ありがとう、助かったわ──」

真紅のドレスを翻し、リーセリアは再び斬り込んだ。

魔力を帯びた血の刃が吹き荒れ、現れる〈ヴォイド〉を次々と斃してゆく。

（──六年前、わたしはなにも守ることができなかった）

ただ恐怖に怯え、救いを祈ることしか。

けれど、今の彼女には、守るための力がある。

星に授かった〈聖剣〉、そして〈吸血鬼の女王〉の力が──

溢れ出した魔力が、紅い光の帯となって虚空を舞う。

その輝きに惹かれてか、〈ヴォイド〉の群れが彼女に集まってくる。

「……っ、はあああああああっ！」

リーセリアが、強引に包囲を突破しようとした、その瞬間。

ドウッ、ドウドウッ、ドウッ！

流星の如き幾筋もの閃光が、眼前の〈ヴォイド〉の頭部を正確に撃ち抜いた。

「……っ!?」

ハッとして、背後を振り返るリーセリア。そこに――

◆

廃墟となった高層ビルの屋上に、四人の人影があった。

〈竜撃爪銃〉を構えたレギーナが、遥か遠くの〈ヴォイド〉を精密狙撃する。大型の〈超弩級竜雷砲〉を使わないのは、リーセリアを巻き込まないためだ。

「な、なんかいろいろ入り乱れてますよ、なんなんですか、あの骸骨は?」

「たぶん、レオ君の〈聖剣〉の力、だと思うけど……」

エルフィーネが、こめかみに手をあてて言った。

彼女の周囲には、三つの〈天眼の宝珠〉が浮遊し、光の文字列を走らせている。

射撃の名手であるレギーナも、さすがにこの距離の目標を、目視で狙撃することはできない。〈宝珠〉で弾道を計算し、レギーナの射撃をサポートしているのだ。

「そっちは、まだかかりそうです？」

「もう少しよ――」

轟々と渦巻く風に、アルーレ・キルレシオの髪がひるがえる。

〈魔王殺しの武器（ジ・アーク・セヴンス）〉――斬魔剣〈クロウザクス〉を両手に構え、魔力を込める。

「――先輩、連中が上ってくる」

咲耶（さくや）が、壁を這（は）い上ってくる〈ヴォイド〉の群れを、〈雷切丸（らいきりまる）〉で斬り斃（たお）した。

だが、押し寄せてくる敵の数はあまりに多い。

リーセリアのサポートを切り上げ、レギーナも咲耶の援護にまわる。紫電を帯びた咲耶の刀が幾度も閃き、〈ヴォイド〉の首を次々と跳ね飛ばす。

おぞましい咆哮（ほうこう）と、剣戟の音の響く中――

アルーレ・キルレシオは、静かに目を閉じる。

斬魔剣〈クロウザクス〉――〈女神〉を殺すために託された、勇者の武器。

その刃（やいば）の凄烈な光輝が、あたりを真っ白に染め上げる――！

「……っ、こんな〈聖剣〉が!?」

その眩（まばゆ）さに、レギーナは思わず、目を覆った。

「――〈叛逆の女神（はんぎゃく）〉ロゼリア・イシュタリス、お前を討ち滅ぼす！」

渾身の魔力を込め、アルーレは斬魔剣〈クロウザクス〉の力を解き放った。

◆

無数の〈ヴォイド〉と骸骨兵の激突する、戦場の中心で――
レオニスは、上空の〈ヴォイド・ロード〉と対峙（たいじ）する。
〈聖女〉ティアレス・リザレクティア――ロゼリアの魂を宿した存在。
だが、その魂は――彼女であって、彼女ではない。
〈魔剣〉を掲げたまま、レオニスは真上の空を見上げた。
白昼に、妖しく輝く黒い月がある。
〈死の領域〉の第七階梯（かいてい）魔術――〈死者の蒼月（スレイ・ギーラ）〉。
彷徨（さまよ）う魂を集積し、魔力に変換する儀式魔術。
不吉の月は、クリスタリアの騎士の魂を吸い、三倍ほどに膨張している。
「――亡者よ、我が魔力となりて、その魂を縛る鎖より解き放たれるがいい」
レオニスが言葉を発すると――
魔力の月は輝く光の粒子となって、〈魔剣〉の刃（やいば）に宿る。

——汝は、天より授けられし、世界を救済する剣（汝は、天に叛逆する為に生み出されし、世界を滅ぼす剣）。

——神々に祝福されし、聖なる剣（女神に祝福されし、魔なる剣）。

膨大な魔力を帯びた〈ダーインスレイヴ〉の刃が、闇色の光を放つ。

だが、同時に——

オオオオオオオオオオオオオオッ——！

〈ヴォイド・ロード〉の頭上に、無数の魔術法陣が生み出される。

〈セントラル・ガーデン〉を一瞬で更地にした広域殲滅（せんめつ）魔術——〈天星の神罰（イオ・ネメシス）〉。

（……っ、このタイミングで——!?）

〈魔剣〉の制御に集中している今のレオニスは、完全に無防備な状態だ。

先ほどのように、防御魔術を唱えて身を守ることができない。

（——呪文の完成と、どちらが速い？）

空を埋め尽くす魔力法陣。その一つ一つが、眩（まばゆ）く輝く——！

その刹那。

彼方（かなた）から放たれた一条の閃光（せんこう）が、〈ヴォイド・ロード〉の〈魔力炉〉を穿（うが）った。

（……っ、なんだと!?）

レオニスは思わず、目を見開く。

凄烈な光の奔流。

発動直前の呪文はかき消され、空に出現した魔術法陣が消滅する。

（今の攻撃は、レギーナの〈超弩級竜雷砲(ドラグ・ブラスト)〉……それとも、シャーリか？）

なんにせよ、最大の好機だ。

レオニスは〈ダーインスレイヴ〉に意識を引き戻す。

〈ヴォイド・ロード〉の咆哮(ほうこう)が轟(とどろ)く。いまのはかなりの威力を持つ攻撃ではあったが、あの程度では〈聖女〉を滅ぼすことはできない。

「滅びよ、〈六英雄〉ティアレス・リザレクティア、偽神の器(うつわ)よ――！」

渾身の魔力を込めて、レオニスは〈ダーインスレイヴ〉を振り下ろす。

ズオオオオオオオンッ――！

ほとばしる闇の光が、頭部の〈魔力炉〉を完全に粉砕し――

巨大な〈ヴォイド・ロード〉は、城が瓦解するように崩れ落ちた。

エピローグ

Demon's Sword Master of Excalibur School

――帝国標準時間一四〇〇(ヒトヨンマルマル)。〈聖剣学院〉の戦術航空機〈リンドヴルムⅢ型〉は、移動を停止した〈第〇三戦術都市(サード・アサルト・ガーデン)〉を離脱し、帰還ルートに入った。

学院に帰りしだい、リーセリアたちは上官に詳しい報告をすることになるだろう。

〈ヴォイド・ロード〉の消滅により、〈大狂騒(スタンピード)〉発生の可能性は消滅し、彷徨(さまよ)えるクリスタリア騎士たちの魂も解放された。レオニスとしては、強者の魂を手放すのは惜しい気もしたが、故国に剣を捧(ささ)げた者たちを、強制的に支配下に置くのは趣味ではない。

そんなレオニスは、航空機の後部座席で、リーセリアの膝枕の上に横になっていた。

無論、レオニスのほうから頼んだわけではない。〈ダーインスレイヴ〉を使ったあとは、魔力を消耗し、しばらく立ち上がれなくなるほどの疲労に襲われてしまうのだ。

(こ、これは不可抗力だからな……)

胸中で言い訳をするレオニスの頭上で、リーセリアは本を読んでいた。

「お嬢様、なにを読んでいるんです?」

「お父様の書斎で見つけた本よ。形見に持ってきたの」

「はあ、見たことの無い文字ですね」

「そうね。精霊の言語でもないようだし……」

と、そんな彼女とレギーナの会話を、聞くともなしに聞くレオニス。

(……そういえば、リーセリアの父親の魂は、見かけなかったな)

レオニスは〈魔王〉の目で、彷徨(さまよ)う亡霊たちを霊視していたが、それらしき魂を発見することはできなかった。

(すでに〈ヴォイド〉に蝕まれていたのか、それとも……)

ふと、レギーナがレオニスの頭に手をのせて言った。

「お嬢様、お疲れでしょうし、そろそろ枕を代わりましょうか?」

「だ、だめよ、レオ君、気持ちよさそうに眠ってるじゃない」

「うー、お嬢様ばかりずるいです」

「……～っ、ず、ずるくないもん！」

リーセリアが、レオニスの頭をむぎゅっと抱き寄せた。

(……っ!?)

柔らかな胸の感触が下着ごしに押し付けられ、思わず、ドキッとしてしまう。

「先輩たち、あまり声をたてると、この娘が起きてしまうよ」

対面の座席に座る咲耶(さくや)が、唇の前にしーっとひとさし指をたてて言う。

彼女の膝の上で眠るのは、ハーフパンツ姿のエルフの少女だった。

（……聖域の勇者、アルーレ・キルレシオ、か）

レオニスは視線だけを動かし、聖剣を抱いて眠る、その少女を注視する。

シャーリの報告によれば、市街地で〈ヴォイド〉と交戦して負傷していたところを、レギーナたちが保護したらしい。

レオニスの見知った顔である。このエルフの勇者は、〈六英雄〉の〈剣聖〉シャダルクの弟子だ。シャダルクはレオニスが勇者と呼ばれていた頃の剣の師匠なので、一応は、レオニスの妹弟子ということになるだろうか。

——あの時、〈ヴォイド・ロード〉に攻撃を加えたのは彼女らしい。

レオニスの〈魔剣〉の一撃はその閃光にまぎれたため、レギーナたちは、彼女が〈ヴォイド・ロード〉を倒したのだと思っているようだ。

まあ、そのほうが都合はいいのだが。

それにしても、なぜエルフの勇者がこの時代にいるのか——

〈六英雄〉といい、館に現れたあの男といい、到底偶然とは思えない。

（……亡者どもめ、いったいなにを目論んでいる？）

あの神官服の男——〈魔王〉アズラ＝イルの腹心、ネファケス・レイザード。

リーセリアの胸に顔を埋めたまま、レオニスは考える。

（奴は、ロゼリアが〈聖女〉の中に転生したことを知っていた——）

〈ヴォイド〉化した〈六英雄〉と、ロゼリアの転生体。

今回の件にあの男が関わっているのは明白だ。

その目的は、まったく不明だが――

（もし、ロゼリアの魂を、なにかに利用しようとしているのなら――）

奴は恐るべき代償を支払うことになるだろう。

レオニスの胸の内で、黒々とした怒りの炎が、静かに燃えさかる。

「ね、ねえ、レオ君……」

と、頭の上でスカートの下の太腿がもぞもぞと動いた。

頬に落ちかかる白銀の髪。

リーセリアがレオニスの耳もとに唇を寄せ、こっそりと話しかけてくる。

……起きていたのには、気付かれていたようだ。

「……ちょっとだけ、吸っても、いい？」

ちろっ、と可愛く舌をだして、耳たぶを優しく噛んでくる。

「……っ⁉」

レオニスはあわてて身をこわばらせた。

「こ、ここではだめですよ！　レギーナさんと咲耶さんも見てますよ！」

周りに気付かれぬよう、小声で返事をする。

「うん、だから、こっそり……」

「絶対バレますよ！」

「だめ？」

「……だめです！」

「……レオ、君……我慢、できないの……」

……この眷属は、突然どうしてしまったのだ！

レオニスは膝の上で身じろぎすると、彼女の顔を見上げた。

白い頬がほんのりと赤く染まり、瞳がかすかに潤んでいる。

艶やかな唇から洩れる、熱い吐息。その指先は、少しだけ熱っぽい。

――と、そこでレオニスは気付く。

(俺に血をわけ与えたから、か……)

……そのせいで、彼女は強烈な飢えに駆られてしまているのだ。

「わ、わかりました、寮に帰ったら、好きなだけ吸わせてあげますから」

「……いまは、だめなの？」

切なそうに唇を噛む彼女。

「い、いまだけは、我慢してください」

「……～っ、うん、わかったわ」

リーセリアはこくりと喉を鳴らすと、レギーナたちには見えない位置で、かぷかぷとレオニスの耳たぶを恨めしそうに甘噛みする。

(……っ、これくらいなら、かまわぬか)

彼女の膝の上で、レオニスはなすがままに身を任せる。

まあ、今回は、彼女のおかげで、あの記憶を思い出すことができたのだ。

このくらいの褒美は与えなくてはなるまい。

耳たぶを甘噛みされながら、レオニスは胸中で、あの約束の意味を考える。

——本当のわたしを見つけて、と彼女はそう言った。

(……〈六英雄〉の〈聖女〉に宿ったのは、たしかにロゼリアの魂だった)

では、本当の彼女とはなんだ——?

ロゼリア・イシュタリスの魂は、転生の際に分裂したとでもいうのだろうか。

だとすれば、それは、彼女の意志なのかどうか——

この世界のどこかに転生した、〈女神〉の転生体。

それを探し出すのが、〈魔王〉レオニス・マグナスの使命だ。

(——ロゼリア、きっと、君を見つけてみせる)

微睡むような意識の中で、レオニスは静かに拳を握った。

あとがき

――お待たせしました、志瑞です。十歳の少年になってしまった魔王レオニスとお姉さんたちの学園ソード・ファンタジー、『聖剣学院の魔剣使い』3巻をお届けします。

今回の舞台は、六年前に〈ヴォイド〉の侵攻によって滅びたリーセリアの故郷、〈第〇三戦術都市(サード・アサルト・ガーデン)〉。突然、再起動をはじめた廃都の調査に赴いた、レオニスと少女たちの見たものとは――？　今巻でようやくその姿を現しはじめた敵ですが、この巻は今後の伏線となる設定がなかなかに多く、設定をまとめたノートと首ったけで執筆をすることに。いろいろ大変でしたが、盛り沢山な巻になったと思います。

大変嬉(うれ)しいことに、本シリーズはびっくりするような勢いで売れ続けておりまして、早くも累計一〇万部を突破しました。次の4巻では、今回は顔見せ程度だった、ちょっとツンデレなエルフの少女、アルーレも加わり、ストーリーも大きく盛り上がっていきますので、どうかお楽しみに。シャーリや黒鉄(くろがね)モフモフ丸ことブラッカス、封印された第三の眷属、レオニス以外の魔王など、『過去組』の活躍も増えていく予定です。

『聖剣学院の魔剣使い』は現在、月刊少年エース様にて、蛍幻飛鳥先生によるコミカライズも連載中です。レオニスやリーセリアが表情豊かに、戦闘シーンなども迫力たっぷりに描写されているので、ぜひぜひ読んでくださると嬉しいです。

また、大人気声優の東山奈央さんによる、スペシャルPV、ミニボイスドラマが公開中です（なんとレオニスとリーセリアの一人二役です）。こちらもぜひぜひ聴いてみてください（リーセリアの声が、思い描いていた通りのリーセリアで感動しました！）

最後に謝辞を。今巻も大変お忙しいスケジュールの中、最高すぎる表紙&挿絵を描いて下さった、遠坂あさぎ先生、本当にありがとうございました。ピンナップ仕様のリーセリアは、壁に飾ってずっと眺めていたくなるほどの美しさです。

担当編集様、デザイナー様、校正様、今巻でも大変お世話になりました、おかげ様でこうして本を出すことができました……！

そして、最大の感謝は、この本を読んでくださった読者の皆様に。もっともっと大きなシリーズになるよう、頑張っていきますので、応援していただければと思います。作品のご感想はものすごく励みになるので、ぜひぜひ送って戴ければと……！

次回の舞台は〈聖剣学院〉に戻ります。どうかお楽しみに！

二〇一九年一二月　志瑞祐

MF文庫J

聖剣学院の魔剣使い3

2020年 1 月 25 日 初版発行

著者 志瑞祐
発行者 三坂泰二
発行 株式会社 KADOKAWA
〒 102-8177 東京都千代田区富士見 2-13-3
0570-002-001（ナビダイヤル）

印刷 株式会社廣済堂
製本 株式会社廣済堂

Printed in Japan ISBN 978-4-04-064331-1 C0193

【 ファンレター、作品のご感想をお待ちしています 】
〒102-0071 東京都千代田区富士見2-13-12
株式会社KADOKAWA　MF文庫J編集部気付「志瑞祐先生」係　「遠坂あさぎ先生」係